妄

潮

春容 著

图书在版编目（CIP）数据

妄潮 / 春容著. -- 武汉：长江文艺出版社，2024.12
 ISBN 978-7-5702-3513-1

Ⅰ.①妄… Ⅱ.①春… Ⅲ.①长篇小说－中国－当代 Ⅳ.①I247.5

中国国家版本馆 CIP 数据核字(2024)第 062434 号

妄潮
WANGCHAO

责任编辑：任诗盈　　　　　　责任校对：程华清
封面设计：沈　妄　　　　　　责任印制：邱　莉　胡丽平

出版：长江出版传媒　长江文艺出版社
地址：武汉市雄楚大街 268 号　　邮编：430070
发行：长江文艺出版社
http://www.cjlap.com
印刷：武汉市首壹印务有限公司

开本：880 毫米×1230 毫米　1/32　　印张：8.875
版次：2024 年 12 月第 1 版　　2024 年 12 月第 1 次印刷
字数：176 千字

定价：45.00 元

版权所有，盗版必究（举报电话：027—87679308　87679310）
（图书出现印装问题，本社负责调换）

茫茫无用的深情
——《妄潮》序

舒辉波

第一次读到杨炀的作品是她的一个名为《蛇吻》的短篇小说，那时，她读大二，还没有正式上我的专业课，是我在学校开设的一门通识课"经典电影赏析与创作"课的选课学生，她交的期中作业就是这篇小说。那天晚上上完课后，我随手翻看同学们交上来的作业，她的作业特别厚，十几页，有一万多字。读了个开头，就放不下来了，于是，就读完了。一边读，一边赞叹。

《蛇吻》的故事发生在日本，小说在一片绝望的孤独氛围中展开，语言锋利而老到，根本没有学生腔，很是让我疑心她年轻的心领受过额外的伤痛，并且曾经有日本生活的经历，因为涉及地域空间和生活经历的细节多而独特，不像是凭空臆想。我曾经好奇地问过她，她说是因为受一个日本电视剧的影响，很多经验和细节其实是来自那个电视剧。如此，也更让我惊叹她的才华。

大四毕业的时候，杨炀选择以文学创作代毕业论文，导师是我，写的就是这本《妄潮》，只是那时书名是《江女》。《江女》在大四的暑假就完成了，在我的印象中，又经历了至少五六次的修改，才成了现在的《妄潮》。记得第一次读完《江女》之后，我很激动，一边叮嘱杨炀再做修改，一边就给我的好朋友长江文艺出版社的社长尹志勇先生打了电话，力荐《江女》到长江文艺出版社出版。尹社长非常重视，很快就安排了编辑审稿，并且不久就确定了出版本书，当时我非常感动，既感动于尹社长的魄力，也感动于长江文艺出版社的眼光。记得上个世纪九十年代末我们读大学时最喜欢的两套当代文学作品书系一个是春风文艺出版社出版的"布老虎丛书"，另外一个就是长江文艺出版社出版的"跨世纪文丛"。长江文艺出版社在国内如此有名，简直就是我们文学青年心中膜拜的缪斯女神，一个刚刚大学毕业的学生的首部长篇小说竟然能在长江文艺出版社出版，这不仅对于杨炀来说是莫大的鼓舞，对于我来说也是。这五六次的反复修改，既是杨炀出于对作品高质量的追求，更与责任编辑的严格要求有关，所以在此也要特别感谢任诗盈老师在指导《妄潮》出版过程中付出的心血。

《妄潮》之于杨炀，有点像《生死场》之于萧红，某种程度上讲，《妄潮》也是杨炀的《生死场》。

"这故事是无根浮萍，即兴漂流江中，无处着床。弱水四环，绮花孤立，萍叶载渔镇，痴鱼梦江女，过去与未来，来路与彼岸，个中曲折，善恶因果，俱是一派烟波茫茫。"

《妄潮》仿佛自氤氲着雾气的神秘水域中时隐时现，楚洲镇像是浩荡江水中的海市蜃楼，也像是一个捉摸不定的梦境。在这种氛围下，它所讲述的故事，也犹如一尾游移不定的鱼，不可捉摸，却又如鱼得水。随着叙事的深入和悬念的揭开，仿佛风吹雾散，楚洲镇的人与事，过往与未来，显露峥嵘。似乎只要我们顺着泛着曦光，披着夜露，被脚步和岁月打磨光滑的"绿莹莹的青石板"——镇中的石阶小路——这被精巧文字装置的通道，一直往前走，就能走进江畔小镇伤痕累累的内心，既能洞悉过往的汤汤逝水，也能窥见未来的一鳞片爪，可是，等我们走到楚洲镇和故事的尽头，登高远眺，掩卷而思，唯见长江天际流——江河浩荡，一腔深情，茫茫无用。

我在这茫茫无用的深情里，感受到了命运浮荡不定的惘然，感受到了世事沧海桑田的虚无；感受到了人事的渺小，感受到了宇宙的无限。我因为怜惜书中的人物而怜惜起自己，并推己及人，对世界与众生心怀慈悲。

目　录

妄　潮

一　楚洲 …………………………… 003
二　路路通 ………………………… 014
三　梦 ……………………………… 026
四　偷 ……………………………… 035
五　烹小鲜 ………………………… 047
六　欧阳 …………………………… 057
七　小伢 …………………………… 071
八　江女 …………………………… 082
九　江那头 ………………………… 092
十　邪祟 …………………………… 104
十一　别哭 ………………………… 114
十二　思凡 ………………………… 128

十三　梦魇 …………………………………… 141

十四　交错 …………………………………… 154

十五　寒夜 …………………………………… 163

十六　自说自话 ……………………………… 174

十七　接续 …………………………………… 185

十八　收束 …………………………………… 196

十九　大鱼 …………………………………… 213

二十　永归 …………………………………… 232

附　录

江　潮 ………………………………………… 239

后　记 ………………………………………… 270

妄潮

一　楚洲

那天夜里没有星星，路灯飘下焦黄的雪粒。

绿莹莹的青石板，溜光水滑，雪落上去，踩实了，又覆一层冰。

我看不清同行人的脸，也听不清他们说的话。

泅游于睡意的浪潮，脚下青石板如盲鱼，身躯庞大，横冲直撞，鱼脊之上脚步凌乱，颠簸不断。

不晓得走了多久，盲鱼群散尽，接续上珊瑚般粗粝的砂石。

若无同行人强抻着这副被困意蛀空的皮囊，它必会倒伏在未经修整的红土地里。困意敦实，破土而入，将我深埋地底。

我是被尼姑叫醒的。

瘦瘦高高的尼姑，岁数不大，话也不多，戴个蛋糕胚样的黄帽子，着一件土黄色裰子。她把我叫醒，把我拉坐起来。再一看，我竟睡在佛堂里。四面烛光融融，眼前立着一人高的金漆木雕观音像，身下垫了好几个花布蒲团——不晓得是拿哪个新娘子的床单布改的，又有鸳鸯又有牡丹。她给我喝淡如水的花茶，又拿来些港饼、绿豆糕之类的东西。

我想，如果尼姑天天吃这些，她们的日子倒是过得不坏。

烧香的气味熏得我直打喷嚏，边吃边掉芝麻桂花糖渣。尼姑跪坐在我身边，把地上的饼渣一点一点捻起来，拢在手心里。我尽量吃得很小心。

吃完了，她领我出去。夜色中有无数光点，我疑心是星星的光，后来发现不是，是人间的光——水中回廊曲迂，每三步点一烛灯，玻璃灯罩苍老，黑发丛生，烛光苍碧，璨如新日。水下也点了蜡烛，比水上更亮。尼姑把饼屑往水里一撒，登时水面躁动，十几尾肉坨的鲤鱼翻滚争食，金鳞暴动，毫不怜惜地拍碎一池流光。

水雾里，鱼鳞光辉渐渐凝成烛影，浮在半空。

再走，再往前，回廊尽头塑着一个女娃娃的泥像。女娃娃扬眉瞋目，面颊金灿。脚边燃着一圈蜡烛，烛泪翻流，烛火溯洄，将她捧上一尊浊浪宝座。

尼姑要我"拜拜"，我就两手作揖，躬身拜拜。

尼姑说，闲来无事就来庙里玩吧。

我说好。尼姑不说话了。

我不记得自己是怎么回去的，也不记得后来有没有再去过。

…………

"哪有庵修在水边上？"

"就是有，我去过。"

搪瓷盆里半大的喜头鱼瞪着惨白的鱼眼，嘴一张一合，胸前的断鳍微微翕动,血气弥散,搅腥一盆清水。我曾问这位水里的小朋友需不需要处理伤口,它说不用。我很替它感到疼痛。

我在江边鱼市上遇见了它。当时我刚搬进职工宿舍,想寻摸一些鱼内脏喂校内的野猫。一个细小的声音在鱼摊上叫住我,我循声找去,发现声音扎在高摞的鱼堆里。我赤手扒开一片银鳞白肚,只见一条灰青色的喜头鱼——外边人管它叫鲫鱼,突破同类躯体的黏腻重围,奋力地向我推销它自己。

我稀里糊涂地挖出它,稀里糊涂地把它买下——摊主问我,处不处理了?我连连摇头。摊主上下打量我一番,似乎质疑我杀鱼的本领,我忙说不是用来吃的。摊主眼神变幻,有了更深一步的质疑。

我怀抱装鱼的黑色塑料袋,一路狂奔。

"小不小?我给你换个脚盆。"鱼身滑进上任屋主留下的大花搪瓷盆里,大红配大绿,喜庆得像年画。

"没有必要。"它说,"你自己都是住出租屋的人。"

"我有东西要你写。"它吩咐。又督促我剪掉新贴的红色塑料甲片,十根指头,噼里啪啦,一片碎掉的红指甲沾在它身上,新鲜得像辣椒末要把它腌入味。

它无动于衷,并教育我:"你一个要当老师的人,怎么还做这种东西?"

"现在只是实习。"我从未被鱼说教过。

没有眼睑的鱼眼费力翻动——据说鱼都是极端近视的,它试图看清我:"既然你还年轻,回到这里来干什么?"

"因为没有别的地方可去。"

它沉默良久,平心静气地问:"能开始了吗?"

我把沾在鱼身上的指甲片拨掉,然后架起了笔记本电脑。

什么才泊湖、导水河,那时候都还是一摊臭水。镇上唯一高过钟楼的建筑是三根红砖码就的大烟囱——远看像插着三根线香,天地做祭坛,不晓得在拜什么。

走近看,就看见烟囱身上用了白漆标着各自的出生年份:自一九九五年伊始,一九九七、二〇〇三,逐一落成。三根烟囱出自同一个娘胎,高矮胖瘦都一个样,都自呱呱落地就开始没日没夜地冒白烟。烟霾熏染下,小镇天光暗淡,水色尽失。

老一辈的人说砌这第一个烟囱的时候,立两次,塌两次,直到往底下填了个死刑犯,这根线香才长长久久地在镇子上空燃了起来。

楚洲镇的一条主街像江水分支,斜斜地从江里拉出来,向上,再向上,最后被三根红线香阻断去路。那就是电厂,专门烧煤给市区供电。乌黑的煤炭由一节节绿皮火车哐哧哐哧地运到镇里来,在烈焰高温下化作滚滚浓烟,途径曲折的管道腔体,借由蜡红色的烟囱口泄出,和雨云狼狈为奸后,产下污浊的水滴。

曾有同龄人的家长在电厂任职,且一家子都颇为以此自矜——倒不为面颊的白胖抑或是口角的油水,只因电厂与江城市区的关系密切,好似满城人用电都指着他手里的一锹煤。

待到初中时，电厂开始大幅裁员，旧街上的工厂也接连迁走或倒闭。没过几年，教书几乎成了镇上唯一的产业。楚洲镇上的学校基本上都是工业时代的遗留物，比方说我父亲任教的第一初中，前身是棉纺厂中学，是工厂为照顾职工子女升学而就近筹办的学校。

没错，而今那学校在脚底下。推倒第一初中，建成第一高中，连名字也懒得改，没有人记得棉纺厂了。

我即将升初二的那年夏天，也就是学校被夷平的两年前，我和梁凯在江边——他是我的同班同学，是个非常讨人嫌的男伢。

天穹上掠过一枚暗器似的飞鸟，戳破溏心蛋太阳，蛋液金黄，漫天流淌，江水被搅成一锅浑浊的蛋花汤。

脚脖子痛痒，一抓，手心艳艳的一朵血花。蚊蚋残肢散落，心肝肠肚毕现。

梁凯皱着鼻子，顶住将落不落的眼镜，镜片上指印纵横，花色斑斓。

他瓮声说道："出家人不可杀生。"

他笑我剃了个板寸头。他们之前管寸头叫劳改，意思是劳改犯才会剃这样的头型；后来又说我剃的是尼姑头。某天，当真有个老尼姑模样的人上街来时，一群男伢如饥馋野狗，伺机而动，从背后扯掉尼姑的头巾，看清她留的发髻后又哄笑着散开。梁凯事后逮着我念："嗨，邹易，你是个女伢，却是个小和尚哩——关上仙姑堂里的老尼姑头发都比你长。"

"关你屁事。"我嘟囔道,搔了搔被汗水濡得精湿的头皮。

"邹易,你这头发什么时候能够修得长?"他啐了一口,鼻子又皱起来,"你哪里有个姑娘伢样子哩。"

"你怎么还不回家?"

"你不也没回?"

"我爸妈吵架。"

"我姐要跟她男朋友,办事,"梁凯说着,把左右手大拇指对在一起,弯了一下,"不让我早回去。"

梁凯家里没有管事的大人,我们都很羡慕。他老子过去在我们这儿是以打老婆出名的,老婆打跑了又开始打女儿,女儿后来找了个流子哥做对象,他打不过,索性进城去打工——也勉强算有东西可"打"。

说起老梁,不得不提的还有一件事——八十年代初,楚洲镇阀门厂有一起杀人案,镇上人称其为"剁八块"。犯案的人姓许,与我家老人也算是沾亲带故,姓许的亲哥在我爷爷手底下当过学徒。

姓许的把相识的广东商人约到厂里喝酒,灌醉了,抢了钱,割了喉……幸而案子没费什么力气就侦破了。在镇上的影剧院开完公审大会后,姓许的被拉到湖边枪毙了——当时他女人还大着肚子。

当时,"剁八块"的案子在整个江城都传得沸沸扬扬,楚洲镇也出了名。只是这名出得不光彩,好些进城打工的楚洲镇青年因这事受排挤,其中就有老梁。他说他原本在南京路卖报纸,有个城里的女子相中他,"剁八块"的事一出,那女子便不在他那儿买报了。

老梁回镇上结了婚,可心里仍旧惦念那段被"剁八块"葬送掉的好姻缘。再后来,他女儿找了个对象,也姓许,是"剁八块"的儿子。

老梁走后,梁凯算是彻底被放养了。梁凯是个软骨头,没他老子有种,打架打不赢,只会打嘴巴官司,学校的伢们都瞧不中他。学习自然也学不进,我一度觉得梁凯近视得毫无缘由,他那副黑框眼镜大概只是用来装相的道具。

放学后,梁凯如幽魂满大街游荡。几年前,关下的工人俱乐部尚存,他时常在那儿看工友打桌球玩电动,混些汽水瓜子之类的零嘴。升初中后,他常去江边油库旁的石头滩,上那儿看流子哥约架干祸,再到学校"转播"。偶尔他也去学校对面的溜冰场——租不起轮滑鞋,只能用破球鞋磨蹭铺了塑胶纸的水泥地。

"大人怎么总有架吵?"

"我哪晓得。"

"前不久梁诗玲哭着闹着要扯证,她老公许哲说,哪有钱买房。她动起手来,抽他嘴巴,在他背上挠血道子。许哲发火了,把她揉到地上坐着,她就哭。"梁凯嘿嘿一笑,继续说,"姓许的说没钱,没钱还去买别人用旧的面包车,说要带我们去城里玩。结果车刚到手,他就把后座拆了下来,说自有他的用。你说起什么作用?"

当时我们的位置就在你把我买回来的那个鱼市——江边齐岸起的长水泥墩，直伸到江里，从街面上下去要走长长的一段台阶。每年一涨水，水泥墩就看不见了。

那时江边没什么人，清净，卖鱼的还不用为争那一亩三分地打破脑壳——我晓得，那时候他们都在关下路边摆摊，离得也不远，人往那儿走一趟，浑身散发鱼腥气，车轮滚一遭，都沾满白鳞。现在，菜场的鱼没人要，都一大早跑到江边碰火，碰刚下网捕鱼的船。我不信有多少人吃得出来，哪条鱼是塘里的，哪条又是江里的。

放学后我经常去那里看水。雨季涨水，水离我，就跟你离我一样近。江城年年遭涝，年年淹死人，有些人还编出水鬼抓交替的故事来唬小伢，还说什么"三月三九月九，无事莫打江边走"，以往我是不太敢跟水太亲近的。

就是在那个时候，梁凯说："咱们去偷统考试卷吧。"

"什么卷子？"

"统考哇，这回不是你爸出物理卷吗？"

我爸是个教书匠，他在第一初中教物理。我没遗传到他在物理上的半点灵光劲，各种手段使尽了，课也补了，头也剃了，物理成绩仍不见好，他对此很失望。

"咱们？"

"到时候我给你望风。"

我知道梁凯这人一向有贼心没贼胆，他才不敢偷卷子。男伢们撩拨镇上的狗，抓狗尾巴比谁最后撒手时，他从来不敢伸手,只在一边嗷嗷叫唤,比狗还凶。

"抄到又怎样?你还怕倒数?"

"许哲答应我,要是考出倒五,就带我去钟楼下边的斯派德喝奶昔。"

"被抓到就完了。"

"你怕?你不怕物理考不好?不怕你爸罚你跪?"又说,"只怕再跪,就要叫你上主席台前去跪……"

我不说话。他才不是可怜我。我对于梁凯,就是老尼姑的头巾一样的新鲜玩意,扯下来以后他也只笑一笑。

我看向水,想起夜里睡魔缠身。梦里夜色浓黑,不见天光。我赤脚逡巡在一片蛮荒水域,足下砂石突兀,水寒潮腥,身后无岸。一个意志催促我,规劝我,走下去。水位越来越深,逐渐没过膝盖,没过胸口……

不远处的江面上,一个东西破水而出。

我和梁凯同时抬眼望过去,一张青白的少女的脸呈在江水潋滟中。

江面沉着欲睡时才有的空气,滞重,绵密,只有江水如梦涌动,一双划水的白臂膊如鹅颈浮沉。

红日西沉,天的颜色是泡褪色的玫瑰。江是我家瓷白花瓶里漂着枯萎花瓣的死水,到处红艳艳一片。水里的少女是没有光亮的白。

她摸上岸。一只天鹅颈般的臂膊叼上水泥墩,水珠从细细的眉眼上滚落,润润藕荷色的嘴唇。她伸出另一只白臂膊,向我。

正犹豫,梁凯已先我一步抓住她的手。

我那时想,如果梁凯听过水鬼抓交替的故事,只怕不敢妄自伸手。若她就那样把他拽进江里,然后从水下抬起一张饱胀浮肿、被鱼啃去五官的脸——

结果,梁凯轻轻松松把她拉上岸,水泥墩沿上留下了五趾圆润的半个湿脚印。

少女看起来跟我们同岁,长着一张未经驯养、不乖顺的脸,是家长和老师都不会喜欢的那种长相。

她浑身湿透,抱膝坐在那里,好似一把雨夜后收起的伞。

梁凯觍着脸搭话,眼不敢望她,摩挲着一双苍蝇手:"你叫什么名?我叫梁凯。"

"我叫江潮。"她的眼望向我。

"邹易。"我说。

"邹易。"她说着,四肢先五官一步笑起来,长手长脚都舒缓,亮出两只通红的脚板,像猫爪,"我认得你。"

"你认得我?"

"我见过你。"她从后腰拽出一把水草,说话时嘴唇呫嗫着每个字,像一尾欲吻的鱼。

"你是一初的学生?"梁凯偷偷觑她一眼,慢吞吞地问道。

"我认得字。"江潮看也不看他,问我,"邹易,你以后常来江边好不好?"

"你住江边吗?"

她笑嘻嘻地点头。

待到日头完全落下、星光寥落时分，江潮才同我们作别。她仰跌入水里，夜色的巨口瞬间将她吞没。我和梁凯吓了一跳，凑到边沿上去，黑咕隆咚，什么也看不见，只听江水哗哗咀嚼，似乎也分到了一杯羹。

"我猜她屋里是打鱼的，"回家路上，梁凯若有所思，"你闻到她身上的鱼腥气了吗？"

鱼讲完话，似乎渴极，唇埋入水下开合，半晌才重新开口。

"你以前是哪的呢？"它终于对我有了一些兴趣。

"算是本地人，在城里念完大学就回来了。"

"在江那边？"

"是。"

"为什么？"

"什么为什么？"

"如果我有机会去江的那边，我是不会回来的。"

"你没有去过吗？你是一条鱼呀？"

二 路路通

我记忆里的楚洲似乎和鱼口中的镇子有一定偏差,说不上来具体哪里不同,大概是我儿时不住旧街的缘故。

"今天我有晚读,"我说,"你得说快点。"

它在搪瓷盆里吐出一连串的泡泡,断鳍如残荷,在水中沉浮。

"你管得住学生吗?"

"不太管得住。"我老实回答,"不过这个年纪的小孩也不太要人管了。"

"你该庆幸你带的不是初中,初中伢们什么事都做得出。"

它在水里上下浮沉,又陷入回忆当中。

老正街,就是你说的旧街,是一条南北走向的青石板路,南边地势低的那一头叫关下,北边地势高的一头叫关上。"关"是什么?我不晓得,兴许是路正中某个用以区分的地标。

上世纪八十年代,楚洲镇被划入江城工业建设的版图中,什么粮管所、水泥厂、棉纺厂、油库、阀门厂、造船厂如雨后春笋，学校、医院、酒店、药店、电影院、服装店、冰棍批发、卤菜、过早摊铺也应运而生。九十年代，跨江大桥于镇北落成，醒目的拆迁红章似团风疹，密密麻麻，在街面大肆蔓延。如是发热几年，工厂倒闭，店铺北迁，病灶消除，还老正街退烧后的冷落清闲。

一初在老正街路正中，正门在关上，后门在关下，离江也近。小伢们好玩贪凉，每年总有个把学生为解暑下江玩水，丢了性命。我当时的班主任总是戏称那些溺毙的学生是"提前遭江大录取了"，不几年，录取通知书也就寄到了他家里。

店迁了，人走了，学校一时半会儿搬不了，半边老正街落到了我们这些初中小伢手里，成了逃学打架的好去处、混混太妹的游乐场。镇一初升学率高，盛产严师和书呆子，无钱无闲的家长也能当甩手掌柜，摆脱教育负担。他们只怕还以为旧街一穷二白、远离外界喧嚣，是小伢刻苦学习、潜心修炼的桃花源。

他们不晓得，桃花源里没有人气，多的是精怪恶兽、大虫伥鬼。

我们没得选，小伢都没得选。

我跟你说过，我父亲在一初任教，他是我们的年级主任，教隔壁班的物理。我学不会物理，数学也差劲，唯一好点的是语文。我时常疑心我不是我爸亲生的小伢。做算术时，我根本没法集中注意力，经常上一步的结果到下一步就抄错。"抄也能抄错？你的猪脑子一天到黑在想什么？"我爸边检查我的物理作业边用拳头敲我的秃脑壳,恨不得真的要把我脑子抠出来瞧一瞧。

我想我天生缺乏一种精确,对数字、金钱、人际……时常陷入似是而非的境地。镇上人管这叫"学不熟",拎不清,间于灵光和愚笨之间,卡在——人与人之间,好像牙缝里的一根鱼刺。扯远了,我说到哪了?

对,精确。我爸常在我睡下以后才回家,把我从床上叫醒,拖到书桌前,修改当天的物理作业。在我每本物理作业的封皮上,他都用红笔写两个大字——"邹易",覆在原先写好的名字上,有种修正的意味。名字是他起的,他希望我易养活、少添乱。

他总说"凡事要讲求效率""每天专门找你的作业就是浪费我的时间"。他疲于在一堆封面相同的练习册里翻找,于是把我的名字写得异常醒目。

一个夏夜,我伏在案前改作业,毫无征兆地捂住肚腹,栽倒在地。

他吓了一跳,高声喊来我母亲,乱骂几句,说我不该贪嘴,吃坏肚子。

后来才知道那夜我来初潮。

当时我疑心是什么诅咒,或埋藏于命理中的巫蛊之术,待到时机成熟,"哔剥"一声,毒虫破茧,翅翼斑斓。

他冷眼觑着母亲喂我吃下止痛药,说:"题没改完。"

"还怎么改?明天吧。"

"耽误学习,这肚子痛,几时能好?"

"好不了,只怕回回都要痛。"

"巧事!别个都不痛。"

"你生的是个女伢!怎么办呢?"

"医院也诊不好?"

"诊不好。我年轻时也痛,生了小伢就好了。"

我浑身发冷,好似腹腔中揣着一块带冰碴的血肉,棱刺森森,创口深冷。

眼前一片青绿。影影绰绰的碧色,铮铮作响的芡实,密密匝匝的紫花,绿鳞似蛇的叶,白肚似月的草鱼,腥膻的浊泡,凝滞得搅不动的一汪水——那时我几岁?五岁?六岁?"站到塘边去,我给你照相。"举着相机的父亲说。好。我踱到他指定的位置,脚下湿软的土地瞬间塌陷,淤泥没过头顶。

他哈哈大笑,说:"蠢东西,叫你去外面不要轻信别人。"

他至今都把我遗忘在沼泽之下。

耳鸣目眩中,我又闻到泥腥味。兴许是窗外落了雨,或是远方,无休止的江潮。

我的小朋友好似在梦呓,每当我以为它已经睡着时,它又开口了。

"一初拆得一点都不剩了,是不是?"

"是吧。"

"你真的是镇上人吗?"它不满道,"当年学校新修了科技

017

楼，'科技楼'三个字还是镇长题的，那时也算件大事呢。"

"科技楼肯定是不在了。"我想了一会，"现在一中大门口有个红火炬样的金属雕塑，看起来倒是有些年头。"

雕塑足有一层楼高，颜色红中带粉，模样不太洁净。

入校那天，有人煞有其事地为新生介绍："你看不看得出？这是校徽，是凤凰！这是鸟嘴，这鸟嘴正要啄那尾巴上的翎子毛……看得出？那说明你聪明灵醒，将来肯定能考好！"

于是大家都说看得出，看得出，这是鸟嘴，这是鸟头，看得出，看得出。

教我们班英语的是一个看上去比实际年龄大得多的女人，嘴唇松垮多皱如水生物裙翼，讲英文时有着湖泡絮语的口音，鱼腥气的吐息，蓄在嘴角的丰沛唾液，随裙翼摆动的白沫，星星点点喷射的水花。

她不常讲英文，但常产卵般铺下漫天蝌蚪字，各个有圈有尾，须爪齐全。有时候她也授意我上黑板抄写，再由底下的学生俯仰采撷，将蝌蚪捉到他们自个儿的作业本上去。

"邹易的英语字写得好，你们要向她学习！"

她夸我画蝌蚪画得好。唉，可她不让我在课堂时间画。教完别人画，自己就来不及画。

有时候，她又说："字写得好，光是字写得好有屁用！这么简单的语法还要错！"

"你第一个挨打！打完了再抄题！"

受戒的队伍长列，在讲台前逐一摊开手心，教鞭破风呼啸，粉笔似火炭，活泼得捉不住，黑板上的蝌蚪更像蝌蚪了。

事情发生在她的课上。

乒乓球大小的纸团，轻跃到桌面上，滴溜溜几转，滚落在一双泛黄的女式白球鞋旁。

"捡起来！邹易！谁上课给你传纸条？把上面写的东西大声念出来！"

"放学等我。"

教室里的声响像小孩子贪食吞下一大口，起初压抑着"哧哧"作响；未承想食物滚烫，最终无法抑制地全吐出来，爆出哄堂大笑。

"滚！滚到教室后面去！"

我站到新写不久的黑板报下，头顶红字黄边的主题是"安全教育，警钟长鸣"。

黑板报的内容与主题毫不相干。艾略特的诗歌节选："索梭斯特利斯太太说：'这张是你的牌，淹死的腓尼基水手。'"而后——"腓尼基人弗莱巴斯，死了两个星期""一股海底涌起的潮流在悄声细语中捡起了他的尸骨"。

我没有亲眼见过海，但若它肯收殓我的尸骨，我愿死在海里。

几日后，教语文的班主任意外识得黑板报上的字，愈看眉间皱痕愈深，斥其"狗屁不通"，命人即刻擦净，换上名言警句。

我用蓝和绿的粉笔誊抄，企图把海水留住。

我躲进诗里——腓尼基人丢失下颌的荧绿头骨沉没于湛蓝深海，自两个漆黑眼窝中腾起无数细小晶莹的气泡。弗莱巴斯头颅震颤，像一个被高高抛起的孩童，即将落入一片深蓝有力的臂膀。

我没意识到自己也跌下去。

"邹易！邹易！"英语老师大叫，她扶不起我。

我似标本框里的虫豸，钉死在大理石地板上。

"叫人！去叫人！"

隔壁班的语文老师闻声赶来，将我送到校门口的小诊所。

那个老师姓夏，人很年轻，在我们班上过公开课，讲《白杨礼赞》，自我介绍时"夏"字的板书也颇有白杨挺拔之姿，好些女生放学后会特意绕远路去球场看他打篮球。

楚洲镇难得看见夏老师这种人，小镇常年的阴雨好像都不曾沾染他。其他人的眼镜就像落到小伢手里的印泥，受指纹脏污，没有形状。他那眼镜好似一件装饰品，是为均衡脸面的素净而特意摆上去的。

夏老师抱着我，把我安置在诊所那张白得发蓝的病床上。

在那个充当校医务室的诊所里，矮胖的校医给我开了止痛药——他像从炉子里掏出来的半截焦炭，手指黑黄，有股烟熏火燎的味道。

夏老师还问我吃不吃东西，他去给我买。他真是个好人。

英语老师姗姗来迟。她吓了一跳，当天没再让我上黑板画蝌蚪。

就是那一回，我对校医有了印象。

"还以为你是个男伢咧。"他笑得诡秘，"要是不剪头发，你也得一头好辫子！"

"再莫剪头发！听见没？不像女伢样！"

"你也该有个女伢样啦！"

临走，见一个扎羊角辫的小女伢蹲在药柜前，隔着玻璃，拿乳葱样的指头点着柜里一味圆而黑的中药。

"你看像不像板栗？你爱不爱吃板栗？"校医也一同比画，在玻璃上画了个圈。

小女伢不言语，脸贴得更近。

当时，栗子在我们这儿算得上稀罕玩意，冬天才有，而且要碰运气，一般的瓜子铺干果店没有，推着砂锅卖炒栗子的外地人也不常来。

路过药柜时，我瞟见那中药盒上的标签写着"路路通"，毛乎乎、黑黢黢，的确有几分像板栗。

"我听说，"我挑出中午吃剩的猪肝盖饭里的白米粒，抛进搪瓷盆，"导水河边要建一个垃圾焚烧厂。"

"导水河连着才泊湖，旁边有小学，哪个混账拍脑壳想出来的主意？"

它大嘴一张，把浮在水面的米粒吸进肚里。

"同组有个老师住在导水河边，她才刚怀上孕。"

"你说你回来这么一个地方,有什么好呢?"鱼吧嗒吧嗒嘴,"所有楚洲镇出身的人都只想出去。"

"不要这么悲观嘛。"我把手指伸进水里,检查它的断鳍,断处皱缩如枯叶,"说不定现在处理技术已经成熟了。"

"不,无关技术,"鱼眼里有一段无神的焦距,"是非要等出事他们才会叫停,就像当初的水泥厂一样。"

几粒白绿的莲壳在江里浮沉,像水面生了疱疹。

梁凯坐在水泥墩沿上,龇出似啮齿类动物的黄板牙,颌骨开合,脆生生将莲子咬成两半,不剔莲心,囫囵吃下。

"听说你爸不给你饭吃,你早上饿倒了。"

莲子壳三三两两坠下去。

江面努起小小的水波纹,像小伢受了侮,不好在外人面前噘嘴,温吞又隐忍的模样。

我一脚蹬在梁凯背上。

呼叫声还未成形,就跌进水里,溅起好大的水花。

我见过有人往水里扔了一只猫崽,当时气得要流泪,如今我倒成了扔猫的人。

梁凯头顶有两个发旋,听老人说发旋多的小孩聪明,如今看来不是。小小的旋涡生在他头顶,所以他沉没。

被丢弃的莲壳泛着蝇头绿光彩,聚在梁凯头顶,伺机而动,等待他的下次呼叫,连同腥冷的江水一齐灌进喉咙。

水上四肢摆动的幅度在变小,水下的唇形依旧狰狞。"邹易，邹易……"他在叫我。

可我当时叫白炽的痛快盲了五感，无知无觉地立作一尊石像。

浓绿中探出一双天鹅颈白臂膊，从身后环住梁凯。

我的石头心怦然跳动，蒙上一股子后怕，忙不迭驱动双脚，翻过漆有"此处有血吸虫，请勿下水"的斑驳红字的围墙，在油库后的浅滩边看见了躺地大哭的梁凯。哭声中掺杂着潮湿的咳呛。江潮坐在几步远的一方大石上，嘴里咬着皮筋，两手挽起湿发。

梁凯浑身精湿，仰天号啕，哭得五官模糊，脸廓变形，手里攥着一副黑框眼镜。

"邹易，你这婊子养的，你敢推我？"他哭得睁不开眼，全脸涨得黑红，不知是眼泪还是江水混着泥从下巴上成股流淌。

"我没有，是你自己摔的。"

"是她推的！江潮，你信我！"

"别听他的，他总是扯谎。"我说。

江潮不说话，低头偷眼看我，我却有种被她眼神割伤的错觉。

"你放屁！你扯谎！你不要脸！要是没有江潮我就死江里了！我要告诉你爸！告诉学校所有人，让他们晓得你是个什么货色！"

"他们不会信你。"这是实话，没有人会信他。

梁凯的怒气同泥水一齐定在脸上，生产话语的器官卡壳，只有外皮在隆隆催动。他嘴唇颤抖，发出"嗯嗯嗯"短促又黏着的鼻音。

江潮兴致缺缺，丝毫不把我们的纠纷放在心上。鱼和水草总不会要她主持公道，她大概率疲于应付人类的饶舌。

"你这八妈养的！小娘生的杂种！"冗长的催动过后，梁凯的咒骂像受潮的鞭炮，捻线烧完半天才憋出一声闷屁响。他一手攥成拳头，另一手在浅滩上摸索，亟待拾起一块称手的石头，打破我的脑壳。

"我帮你偷试卷。"

梁凯停止了摸索的动作。他痴痴傻傻地望向我，一副噎住的表情。

江潮站起身，曹衣出水地立在岸边，眼里汪着猩红的一江水，悬着一颗颜料滴落的太阳。她自言自语道："再晚回去老头又要担心了。"

"你以为这能收买我？"梁凯朝地上啐了一口泥水，"老子差点死在水里！"

"随便你。"叫女伢欺负了是件丑事，我猜梁凯说不出口。

事后江潮对我说："我晓得是你推他下去的。"

又说："你放心，我不会说出去，这是我们俩的秘密。"

今日份的故事还没有听完，我从未见过如此话痨的鱼。

晚读后我正预备回家，电话铃响了。

"小何，你们班有一对儿摸黑在操场上散步呢，年轻伢们的心思……"同组的周文莉在电话里说,"这刚下晚读,别叫陈主任看见。"

我匆匆道过谢,挂了电话就往操场赶。

天黑得早,星眼昏蒙,一线黯淡鱼钩月。操场没开灯,远远见两个实心黑影嵌套于朦胧夜色中,二者界线模糊。

稍一走近,黑影惊惶如池鱼,无处消遁,只好尽可能拉开距离、撇清关系。

待彼此都看清了脸,黑影神经松弛下来,池鱼悠游,小声交换了情报:"何莲山。"

再走近,他们率先打招呼:"小何老师。"

班主任也姓何,所以他们管我叫"小何老师"。

"晚自习不上,在外边干什么?"

女孩说:"教室太闷,我想吐,出来走走。"

男孩不说话,悻悻地立在原地,垂下头潜心研究左脚脚尖。

黑暗中,高中生的脸晦涩多变,我读不懂。

"回教室去吧。"

二人与我挥手作别,嘻嘻哈哈地跑开了。

一点也不怕我。

三　梦

从小到大我一直做关于水的梦。

梦见江面起酥,浪潮丰盈似奶油,波纹繁丽如裱花,甘苦夜色做馅,将万物饲喂得膘肥白胖。水下时空混沌,视野昏沉。捕鱼的船从头顶驶过,水生植物随之招摇,绌色茎秆纤细如发,银鳞穿梭,光斑灼灼,被无形水流细细拨梳。

梦里的我有双水兽的眼睛。眼中滔滔的自然意志,渴望看见房屋颓倒、文明倾覆,致使这头心智未开、稚气欢腾的水兽胆大泼天,一时玩心大起,做出了有悖本能的决定:我要上岸去。

我要上岸去。

我与江水作别。

出水后,首先看见被打散在乌云里的月亮,天幕浑浊,泛着明黄的血丝。

稀释的月光下,江面波纹奇诡嶙峋,一艘趸船如水中孤峰悄然屹立,庞大黝黑、鬼气淋漓,一条狭长的木制踏板将其与江岸相连。

我朝船游去。

至此梦醒。

"你是我衡量万物的尺度。"卡夫卡在给父亲的信里写道。

不,我父亲不是尺度。他是标尺,他热爱数字,喜欢丈量万物,温度、电力、质量、长度、密度……他熟习自然科学,掌握所有物质特性,数值精确到小数点后两位;教育家里人也像修理家具电器,动用各式原理、各行标准、各种械具。

"你放学不在教室自习又在哪里鬼混?"

"书店。"我撒谎道。

"你是不是贱?"他震怒,"你叫一个陌生男的抱你?你不晓得叫我?不会借老师手机打电话?"

卡夫卡,若我像格里高尔一样变成一只虫,我们相同的父亲,那个"有一切暴君所具有的神秘莫测的特质"的父亲,他会放我走吗?

我不敢再读卡夫卡,我不愿再多一个脱胎于文学的父亲。

翌日,梁凯没来上学。

放学铃响后,班主任说:"梁凯同学今天身体不舒服,请了病假。谁住得离他家近,把作业带给他。"

我猜他大概是装病。可"防治血吸虫"的红漆标语有如软体虫黏附心房,挥之不去,自内而外摄出一股空荡的寒意。

"叫邹易带!她跟梁凯玩得好!"他们都笑起来。

我家与梁凯家,一个在关上,一个在关下,一个在街头,一个在街尾,根本不近。他们这么说,是因为没人愿意给梁凯送作业。班主任和我住同一个小区,他晓得的。

"他俩玩得好,哦,好,好,那邹易去。"他现在倒不反对我和梁凯玩了。

学校前门口,有人在路边卖活禽,红三轮车的后车斗里堆满铁丝笼,狭小的空间里挤簇着无数的尖嘴和羽毛。几个青年晃到车前,并不买鸡鸭。为首的黄毛青年手执火钳,敲鼓样把铁笼乱敲一通。待到摊主问来,他操起火钳乱捅一气,捅得笼子里咕嘎乱叫,杂羽纷飞。

他说:"钟份村的斌哥要你认得到他!好生卖你的鸡!再搞七搞八的就要你好看!"

为首的黄毛我认识,别人都叫他欧阳,同班的黄倩常跟他混在一起。有一回,我打他俩跟前走,欧阳伸脚绊我,嘲道:"你是男是女?走路总插个荷包干什么?""手不敢拿出来,肯定偷了东西!"见我摔倒,黄倩大笑起来。

我不敢打前门走,怕火钳落到自己身上。

我避着人折回学校。办公楼后有段未修整的山路直通后门,坡度陡峭,植被蓊郁,总有学生为抄近道摔断胳膊腿。校方屡禁不止,竖起告示,没几日就字迹斑驳、铁皮破落。

中途,山脚下来了一对男女学生,穿校服,做贼般四下张望,贴墙游走,逡巡片刻,拥到一起。

我行进到半山腰,上也不是下也不是,只好蹲进灌木丛里。

一双雌雄大盗,偷的是风纪校律。男伢背对着我,女伢生得面熟，是隔壁班的邱玉娇。脸似发面包，别发夹的头似葱花卷，糖果糕点堆作身子，婚庆回礼的泰迪熊，甜得泛腻。我认得她，她和黄倩要好，二人下课时常在厕所嬉笑打闹。

两人额头相抵，姿态笨拙，手脚无处安放，跟学习一样不开窍。

男伢突然回过头。

"你躲在那里看什么！滚出来！"

我抬头，一眼望到我爸的办公室窗口，他端坐在桌前，大概率在批改作业。四方的黑色窗边框住他半边侧影，方框里的头颅至背脊居中而下，端庄得像柳体正楷。

"滚出来！看见你了，你还躲！"

我一面往下走，他一面问："你看见了什么？"

我摇头。再问，还是摇头。

他候在山脚，被无数双脚踩出来的山野曲径的尽头。

男伢个子不高，头发染过，黄红杂色，长得不算讨厌，但他看人时让我觉得自己很讨厌。

我走到他跟前，想说自己只是路过。

男伢咧嘴一笑，一巴掌抽到我额角。

我踉跄着后退。他再次挥手，力气更大。

邱玉娇没有表情，像只忘缝唇线的玩具熊。

"你看到什么？说呀，你看到什么？信不信老子挖掉你眼睛！"男伢揉我一下，单薄的胸膛支过来，拳头高扬，像个放倒的惊叹号。

泰迪熊不说话，纽扣眼睛一动不动，不知在看谁，没有光亮，也没有聚焦。

"你们干什么！"有人高声喝道。是夏老师，他穿篮球服，手肘处挟着一个篮球，叉腰站立，脸被汗水蒸红了，眼镜片上也浮着怒气。

泰迪熊扭头就走，男伢狠狠用眼睛咬我一口，跟了上去。两人飞快逃走了。

我朝夏老师鞠了一躬，也狼狈地逃走了。有一种情绪在追撵我，我要跑得很快，才不至于被赶上。

我还要去梁凯家。

小学时，母亲曾领我去他家做居委会的上门工作。我记得很清楚，梁凯家房门半掩，一个搪瓷的花脸盆活泼如蛙，从门缝里蹦跳出来，漆瓷剥落如蜕皮，在地面滴溜飞旋，呱叫似鸣金，半晌才惊魂未定地伏倒，不再动弹。

母亲吓了一跳，命我站在原地，她蹑手蹑脚地凑近，自行拉开大门。

门缝后，一条黄瘦的女人腿如蛇蠕动入眼，瓷砖湿滑，遍地猩红鳞迹，熟茶色的膝盖，竹叶青的掌印。大半个脚掌突破了凉拖鞋口，勉强勒在脚踝上。

母亲要我在门外等，她独自进去。

我悚然。那未必是人！兴许是只断足，从腿根处截断，切口齐整……一头藏匿于家庭的怪物，在门后耸动肉食性的宽颚，眨动鳄鱼的泪眼，饥馋难耐，恶相毕现。摆弄断足，模拟同类求救的姿态，诱无知者心甘情愿走向一张待饲的巨口——如灯笼鱼抖颤饵球，叫猎物产生幻觉，以为深海之中仍旧有光。

母亲消失在门后。

门内传出阵阵咳嗽，那声音嘶哑陈旧，出自一只老狗无力吞咽的喉头。

楼道漆黑，两只眼睛活泼闪动，我骇了一跳。梁凯说："是我，他们不让我进屋。"

门开了，背影闪过。一个没有形状的后脑勺，脚步拖沓，停在电视机前。姜黄色乱发高盘在颅顶，充盈得可以漂浮、流动。

我立在门口，小幅地探头张望。

"人在门口死了？不晓得关门？蚊子都飞进来了！"电视机里台剧男女的打情骂俏和后脑勺的斥责一齐响起来。

我借助风力带上大门。

"你来搞搬运的？合着不是你家的门！"

"姐姐，我是梁凯的同学，我来给他送作业。"

后脑勺不说话，用头发梢指路。

梁凯家陈设老旧，杂物堆砌，显得极为拥挤。或许是错觉——那个庞大黑影弥留于此，房廊间断足穿梭，家具缝隙中簇着蜡黄脚趾……种种不祥之兆将房屋熏染得暮气翁郁。

走廊尽头，房间逼仄昏暗。梁凯赤着上身，叼"绿舌头"冰棒，身上沾满绿色汁液。

"邹易，你怎么有脸来？"

"给你送作业。"我错开眼，从包里掏出作业。

梁凯的上身让人联想到菜场里倒挂剥皮的禽畜。

"我不信你这么好心。"他把冰棍吸溜出响,展开两臂,"是韭菜,校医说是土方。江水太脏,害我得了荨麻疹。过几天要是还不见好就去打针。"

"对不起啊。"怪不得他闻起来像馊饺子馅。

"你要死?我让你戒了!"门外的女人怒吼。

"莫吵,我带了整鸭回,别人给的,喏,处理好的。"

声音的主人晃进房里,嘴边燃着一点猩红火星,手里提一个装有青叶植物的塑料袋。

"别停,接着擦。"塑料袋扔进梁凯怀里。他低下头看我,我不敢作声,我知道这男人姓许。

"是你推梁凯下水的?"

我不说话,浑身气血全朝面上涌去。

梁凯抿嘴偷笑,胸脯干瘦嶙峋似磨盘,韭叶滴滴答答挤榨汁水。

"跟你说话,怎么不看人?"男人俯下身。

我闻到一股子汽油味。再看到他下巴上的胡碴,香烟上的火光,嘴唇上的痣,最后才看到眼睛。眼里带笑,笑得怕人。

"对不起。"

"你是邹易?"

"是。"

"你爸是邹成斌?"

"……"

"你长得像你爸。他以往爱俏,总梳个油头,我们叫他'周润发'。"他笑起来,"还有另外一个年级主任,教英语,姓陈,脑门秃了一大块,我们叫他'冠希'……"

"我要走了。"

"他以往爱在课间找小姑娘伢说话,在走廊上给她们讲题,讲完题……"

姓许的伸出手,摸了摸我的头。

陌生男子的体温传导到全身,像热水淋上雪地,哧哧作响。

身体弹动,如午夜梦醒。双脚率先反应,兀自搬动,冲出门去。

"你跑什么?是不是偷了我们屋里东西?"声音从身后泼将出来。

你叫一个陌生男的——

被触碰的一方皮肤,连带头发、骨骼一齐消融。江风在大脑皮质层的裂沟间呼啸而过,白日的余热烧燎神经,烤化脑浆,耳畔水舌聒噪,鬼语喧嚷。

你是不是——

我两脚拌蒜,木然奔跑。

"我查了一下,导水河边确实有过一个寺庙,叫青莲寺。今天我问同组的老师,他还挺奇怪,说我怎么问这个,那庙十几年前就拆掉了。还说,青莲寺的尼姑势利得很……做事也懈怠。"

盆里的喜头鱼睁着眼半天不说话，我疑心它睡着了。

"垃圾厂的事，怎么样了？"

"够呛。据说学校对面的翰林社区反对声音最大，那里住的多半是陪读的学生家长。"

"我们那时说起电厂，还没有污染的概念。后来，我们班的黄倩，小学随父母转学去外地，见了大世面。她总说起'那边'的事——'那边'发作业用的是流水线传送带，不需要小组长喊名字飞本子。又说，烧煤太原始，污染又大，'那边'用的是太阳能，只消一块小板子就能发电。有同学说，他表舅就在电厂工作，他表舅说电厂烟囱里出的是水蒸气，几乎没污染，周边社区吃的也是处理后的冷却水。黄倩说，镇里天都是灰的，怎么会没污染？你没见过，'那边'天瓦蓝。还吃电厂的水，住电厂边上的人肯定都得病。"

我摸着指甲上的残红。"你们同学去的'那边'学校倒是先进，我们大学里也不见用传动带发作业本的事。"

鱼睁着大眼睛："真的？"

"真的。"我说，"别的大学可能有吧。"

"我想去江的那边看看，故事讲完，就去。"

夜里我横竖睡不着，问它："你夜里还做梦吗？"

"你睡了吗？"

"邹易？"

…………

四 偷

离码头最近的社区叫菱角湾，镇里人管码头叫菱角湾码头，过去作为汽渡码头，算得上楚洲镇交通出行的主要枢纽，九十年代通桥后闲置。

一九九五年的时候，曾有个外号叫"船王"的香港商人来到楚洲，说要把菱角湾码头修成深水港，把楚洲镇变成"小香港"。镇上人备受鼓舞，好吃好喝地招待他。不几日，船王走了，深水港没修成，楚洲穷得照旧，只能指望读书。

于是，读得出去的人走了，把楚洲留给读不出去的人。

江过去养活人，而今富不了人。大人们发恨，排废气废水，掘取泥土河沙，屠戮一江生灵。

小伢的恨没处发。大人们眼见未来无望，只能强压小伢，学，学，学，从幼儿园一路到高中，万般皆下品，唯有读书高。——可小伢不信这话！他们偏要跟大人对着干！他们自有一套规矩，这规矩他们从屋里从镇里从电视里从那个时期还不普及的网络里学来。他们鄙夷"苕读书的"、闷头学习的乖伢。在学校里混，要靠拳头、靠人脉、靠脸蛋、靠屋里娘老子给的臭钱，他们的恨从这里出。

那天，邱玉娇剖开厕所等候的队伍，凑到我耳边说："梁凯嘱咐你的事情，你要做吧？"

梁凯骗了我，他从未说过这事有其他人参与。

邱玉娇直勾勾地觑着我。泰迪熊的毛绒面皮下宿着一条纹路斑斓的游蛇，蛇躲在塑胶纽扣的眼睛后窥视，嘶嘶吐信。

我点点头。"茗读书的"也有恨要发。

她往我手里塞了个东西，离开了。

排队结束，我钻进隔间。隔间靠窗，窗帘焦枯，嗜烟的虫在布面上啮出密集的孔洞。

我摊开掌心，一根被手汗濡湿的香烟。

离全镇期末统考只有两个星期。我慢慢会过意来：梁凯借花献佛，拿我偷的卷子去哄学校里的"上等人"。他倒是好算计。

那些"上等人"，再拿抄来的成绩去骗娘老子、唬老师。让他们的娘老子到外头现：看，我的伢又会学又会玩！老师见了也要睁一只眼闭一只眼：只要成绩马虎相，管你在学校里头打架还是搔肥。有些话他们不在小伢面前讲，但是瞒不过我——大人们实际也瞧不起"茗读书的"！

大人们也自有一套规矩。无论哪套规矩，"茗读书的"都占不了好！学海难渡，苦苦泅游，修炼成会背会记不会哄的榆木脑袋，听信人言，迷信课本……黑白不明，是非不分，榆木载浮载沉，久经锻炼，最终炭化成煤，投入火膛，隐作尘烟。

电厂烟囱里烧着的是我们。

天色暗淡,灰云如蠹,我逡巡于伞阵下,周身水帘遍披。出了校门,雨势愈大,伞阵变幻,如花色鱼群陆续入水。

诊所门口,躲雨的人三三两两,沾染雨色,五官溶蚀成蒙蒙一片,原地静默着细长的影。

"邹——易——!"有人叫我。

又叫一声:"邹易!"

再看,梁凯从雨人中钻出,许哲紧随其后,一人一把伞走到我跟前。

许哲说:"你没带伞吗?我这把拿去。"

"不用。"

"拿去,快点。"

拿到手里的伞有些沉重,伞布黑旧如蝠翅,汽油味似有若无。

许哲猫到梁凯伞下,揽住他肩膀,冲我挥手。

梁凯也挥手,又亮出手背,展示挂完吊瓶的胶布。

回家后发现,伞面沾了一块浅色污迹,用湿棉布擦,擦不掉,才发现不是污迹,是伞布沾到什么东西褪了色。

"你有带伞,么样回的?"父亲从报纸里抬起头。

"同学借的伞。"

"哪个同学?"

我假装没听见,把伞挂到屋外。

"哪个同学?真是你借的?"

037

我说是李文溪,我们班成绩最好的女生。

"叫你不记得带伞,故意不提醒就是要你淋雨回,好长记性。"

父亲又把头埋进报纸去。

实习头一个月,学校给我安排的指导老师已经当了甩手掌柜,除开大会以外从不见人影。起初,我遇事还打电话问他意见,往后学乖了,不是十万火急的事绝不去叨扰他。

同组的林老师前年才转正,年纪同我差不了几岁,人也热心。实际上,她才是我的指导老师。

"听说,周文莉要回去休产假了。"林老师从青椒肉丝盖饭里抬起脸,菜馆里的热气把她眼镜片熏雾了。

"回陶家大湾?不是说那里要动工了吗,垃圾厂?"

"不然她大着肚子到哪去?李志远说学校宿舍让她租出去了。"

"她老家在陶家大湾?听说那里马上要拆迁了。"

"她娘屋的倒是不在,李志远跟她都是钟份的。"林老师擦完眼镜,四处望了望,低声说,"总不是男方找的房子?李志远上她那儿去送工会的年货,看她又像是一个人住。"

"一个人住?"

"周文莉说她结了婚,结果周边没一个人晓得男方那边的底细,你说怪不怪?"

"同事里没人参加她的婚礼吗?"

"没有,所以我才说怪。"她草草扒了几口饭作为一餐的收尾,"要真是男方找的房子,要她住过去,那这男的真是心里没数!陶家大湾位置又偏,又要修垃圾厂,他还安排一个孕妇住那里。"

将近下午两点,我和林老师走出菜馆,和林老师班上的男生打了个照面。学生还没来得及反应,林老师就叫起来:"喂,该午休了,你怎么还在校外?"男生支支吾吾,说拿快递,抢步进门去,讨了个快递盒就跑。

"这还帮学生收快递?"

"是,他家业务多得很呢。"看着男生进了校门,林老师说,"一中说是封闭式管理,哪里封得住,这些小伢随便写个条子给门卫看,就放出来了。"

午后,冬雨如寒针直刺下来,扎得我和林老师都加快了脚步。

江城湿气重,云雾多,天穹白里带灰,像张泛潮的棉被,满蓄一夏的雨水。盖那样的被子睡觉是会做噩梦的。

饭桌上,母亲的脸像从棉被上裁下的一块。她说,再下大些,下淹了才好。母亲总是说自己喜欢下雨,下雨时就能以天气为由,免去为社区琐事而外出奔波。但下雨天她的脸上从不见笑。

"下大点,房子都下垮了才好。"她说。

下午,我一进教室,李文溪就传话让我去趟语文办公室。

她没有好脸色,说:"去了你就知道。"

中午的办公室没多少人。班主任是个中年男人,小个子,冬天时喜欢穿鲜红色鸡心领毛背心,配明黄色长袜,色彩跳脱似小型家禽。他陷在办公椅的皮坐垫里,畏寒似的叉着两手,护住玻璃茶杯,杯壁上满是陈年的茶垢。

一张卡片摊在桌面上。

"你学生证掉了,人家帮忙送回来了。"

我连连点头说"谢谢老师",全然不记得何时遗失。

"不想跟你吵,这里是读书的地方。"

循声望去,办公桌旁的夏老师面露愠色。他正前方端坐着一个穿鹅黄色连衣裙、小鼻子小眼睛的年轻女人。两人中间架满不锈钢碟碗食具,寒芒熠熠,好似走进手术室;空中横亘食物香气,氤氲中肉油鱼腥、蔬菜清爽,屡屡干扰手术进程。

"我没想跟你吵。"五官整个小一号的女人细声细气地说,不像吵架的样子,也不像镇上人。

"是在新华书店掉的,你平时还去看书?看什么书?上课没看吧?"班主任挣扎着问。

"没看。"

"谁许你的话,你去找谁兑现,反正我做不了!"

夏老师许了她什么呢?我想不出,却忆起几天前在新华书店,看了本旧书架上的《上错花轿嫁对郎》,馋书中人吃的甜桃酸杏。看得口舌生津,店员走到身边都未察觉——胖店员勾下脖子看书皮,大惊小怪地叫道:"你一个男伢!小小年纪,看这样的书!"我吓得扔了书就跑。

学生证遗失大概也在那时候。

"没有说非要你办呐。"女人又说,脸小得盛不下愁容。

"邹易,你先回教室,上课千万不能看闲书!"

教室挂钟走得滞缓,发出水滴坠落的声响,流失的每一秒都汇进幽深的时间之河。每个人都有的河。物理办公室钥匙,严丝合缝地锲入手心,释放出崭新的金属腥气。

我从未使用过那把钥匙。我不知道门后是什么。

自习值日的是李文溪,我没怎么跟她打过交道——过于整洁的衣物和花哨的发饰,使她在一群常年滚在泥水间的小伢里尤为突出。

"李文溪,我想去一下厕所。"我小声说。

她目不斜视,微微颔首。

教室外淅淅沥沥地落着雨。长廊冰蓝笔直,将教学楼和办公楼相连。长廊一侧,雨中行政楼眨闪着圆钟盘的独眼,瓮声奏出整点的报时响。

一路无人。

初二年级的办公室安插在办公楼二楼走廊两侧,唯一的楼道在路尽头。如果这时有老师从办公室里出来,或有学生送作业,就一定会看到我。

手心滑腻,钥匙似泥鳅。

推门而入的一刹那,我父亲的气息混着无数微尘,翻涌扑蹿,直逼面门。

天半阴，办公室里光影墨蓝，深浅不一。桌案前，父亲面容青灰，双目猩红，睨视我。再眨眼，是椅背上的一件大衣。

不要自己吓自己。我想着，小心地绕过了办公椅。

办公桌上覆一大块玻璃板，玻璃板下衬一块绿色绒布。玻璃与绒布之间人头细密，五官模糊——压着往届学生的毕业照片。

有一张不是毕业照。九七级，初二（4）班，照片上大概有二十多人，远不及一个班的人数。拍摄时间是九六年，大概是为纪念他实习的第一年。

我顾不上细看，伸手拉开抽屉。抽屉没上锁，试卷层层叠叠，分批下葬，纸张的坟冈。最顶层是往年的试卷和题册，我粗扫一眼，下面是成套的教材和教辅书。

统考的试卷在哪？按正常进度，会提前半个月出题，我爸手上必定有打印好的样卷。待物理组集体讨论通过，样卷会送往打印室及其他学校——这是统考出题的一贯流程，去年在这儿做罚抄时我就知道了。

镇纸下压着几本教案，左手边是一堵书墙，右手边搁着茶叶罐和茶杯，没有绿植或者其他装饰。我父亲向来缺乏生活情趣，家里唯一的装饰是他与我母亲的结婚照。

如果这一整个桌子拿去粉碎，也只会挤榨出黑乎乎的物理公式。

我再次把注意力放回试卷上。将所有试卷摊开，露出卷首的年份标记和标题，从模拟卷到中考真题，近百份试卷，还混杂着数十份水泥色手抄版。我那物理白痴的大脑在数字图形的水涡里团团打转，最后发现一份未注明年份，但标有考试日期的试卷，时间正好是两周后。

在试卷最后——学生们费尽力气、绞尽脑汁才能得出的几个字母数字，正清爽地向我招手。

我松了一口气，快速抄下答案，开始还原现场。

黑白试卷叠股枕臂，公式文字乱流纵横。纸张缝隙中，一双眼眸无声窥视，回望过去，惊觉字符之河中央，浮升出一张熟面孔。

我拨开试卷。

寥寥二十几人的合照中，出现了江潮的脸。

我伏贴到桌上，胸膛和玻璃板之间心跳隆隆。

门外有响动。我惊跳起来，僵了半晌，蹑手蹑脚行至门口。透过门缝，觑见左斜方语文办公室里，有两道被切割成细长方正的人影。

是夏老师。他挨着什么人，看不清。他俩干什么，也看不清。

我摸出办公室，锁上门，头也不回地奔跑，仿佛身后响着围剿的号角。

跑到长廊上，我不跑了。

一个女子，穿一件眼熟的鹅黄色连衣裙，面容清苦，口眼含笑："同学，我们中午见过，你记得吗？我想问你，二班的夏老师，他在办公室吗？"

我喉舌艰涩,眼睫跳闪如江中烛火。

"我丢了东西,"缺阳的五官,浅而微的笑,"可能在他办公室里。"

"夏老师……"我说,"应该不在,行政楼在开全体教师大会。"

"哦,"女人有些失落,"那不要紧,我改天再来。"

我胡乱点头。

"谢谢你啊,你们学校真大,我差点走丢。"又说,"要是我也在学校工作就好了。"

苍白如苞的面颊泛起红粉花影。

"我先走了。"

雨雾蒙蒙中,行政楼似独眼巨人静默蜷坐。

视觉潮湿,天地汹涌,悬空蓄着一片蓝海。

我要翻过那阳台围栏跌进那水里去——跌得肉碎骨断,红的白的尽数浮在云端。待下一次雨季冲进江里,潮水殓起我的尸骸,残肢埋到最深最黑的江底,一颗心无所牵挂、漂在江心。

往后雨夜行船,万物阒静,唯有水中心跳鼓动,无止无休。

周三的年级组会上,我的指导老师——那位郭姓中年男子,腆着显孕的啤酒肚,黏在年级主任身侧,故作熟络地跟我打招呼,落座后又使唤道:"小何,去给陈校长倒杯水,你们这些年轻伢们要看事做事。"

我倒了水。郭又说:"说倒一杯真就只倒一杯?这女伢一点也不嘹亮。"

我讪笑，端着热水壶满会议室跑。一个男老师看不过眼，从我手中接过了水壶。

身边的林老师同我讲小话："你当郭老师真靠教书过日子？他纯属玩票性质。他在外边做培训机构的中介，学校的艺考生都要通过他，你说他能捞多少。现在把陈主任哄着，就盼陈主任上台能扯他一把。"

"陈主任上得了台？"

"高三的童主任还在学校，怕是轮不上他。"

散会后，郭老师又叫住我："小何同志，你们年轻伢就是要多锻炼，叫你倒水是给你机会，莫到了以后说郭老师带你什么都没教会你。"

我连连点头。出了会议室又见接我壶的男老师杵在楼梯口，待我走过去，他立马自报家门，说自己是物理组的胡兴，问我第二天要不要一起去食堂吃中饭。

林老师在楼下探出个脑壳："何，晚读要开始了，你走不走？"

"不好意思啊，胡老师，明天有约了。"我忙不迭冲下楼。

林老师朝我做怪相，调笑道："小何老师初来乍到，抢手得很呐。"

我直喊救命。林老师大笑起来，又说："我看找男的，还是要擦亮眼，要不像周文莉那样，结个婚还怕人晓得。"

"她真回陶家大湾了？"

"是的呀,东西还是李志远帮搬的,李真算好的。"

晚上,盆里的喜头鱼问我:"你知道江城每年都办作文比赛吗?先是镇上选人,选出来的才去城里比赛。"

"江城杯?我读书时参加过几次。不过永远止步于三等奖。"

鱼在水中摆尾,半天才说:"你肯定没好好写!"

"对不起啊。"我不晓得自己为什么要道歉。

它别过头去,细小的水珠子从鱼眼里冒出来,突突地冲向水面,消融了。

我不知道鱼也会流眼泪。

五　烹小鲜

从小我就觉得，死掉是一件很容易的事。特别是在夏天，死亡的讯息满镇飞跑，仿若手执镣铐魂幡的无常。人们看不见它，却总听见那脚镣手铐在地面上拖行，灵旗在江风中呼啸，无常在寻常人家屋檐下徘徊的脚步声响。

最常听见的死亡讯息当然还是与水有关。楚洲也沾江城"千湖之城"名号的光，镇上的水塘没有一百也有几十个。人们在水塘的罅隙间种植作物，繁衍生息，修建村镇……衣食住行都在水上，生和死也在水上。

镇子和水的距离，就是生与死的距离。

那年夏天，一初玩水淹死的小伢不下五个——与往年比，算是小数目，家长跟学校都应该感谢如雨后春笋样冒头的电玩厅和网吧。但镇上时不时也传出这样的消息：哪个屋里的一对双生，一个落水，另一个去扯，结果双双溺亡；老子在堂屋里写小伢十岁喜宴的请帖，儿子拍着球出去，球滚进水里，支起竹竿捞，大人跑出去找，只找到一具浮尸……

小镇就是这点不好，一条南北走向的长街贯穿首尾，但凡有点不寻常的事，消息如江水倒灌，直来直往，畅通无阻。母亲的社区工作使她每回都奔走在抗洪第一线，如鱼鹰攫食，快准狠地捞取死亡情报。

饭桌是死亡讯息散播的主场。桌案方正似供桌，蔬果鱼肉如祭品，一家子端坐若纸人，佐着阴腐尸气，添饭咽菜。

"关上卖土纸的那家，大儿不是叫华华吗，"母亲一手掩嘴，言语间，饭粒喷洒，"说是前天夜里喝多了，开车到龙口闸那边，一上桥，听见车屁股擦着响，估计蹭到了桥墩子。华华下车看，不晓得怎么搞的，明明有护栏，还是翻下桥去了。"

父亲"嗯"了一声："后来找到了吗？"

母亲神秘兮兮地一摆头："他屋里花了大价钱请人去下游找，一捞，捞起来三个，没有一个是华华。"

母亲说开土纸店的，做的都是死人生意，阴气重，华华喝多了酒，脑壳不清醒，走了背时运。

"大白天他店里也黑黢黢的，不开灯，门口坐着个婆婆，闷声不作气地折纸钱。"母亲识破我沉默外衣下旺盛的好奇心，"你一个小伢跟着听什么，鬼头鬼脑的。"

"还不是怪你要讲！天天就是这些事，难怪她扯闲话的时候比哪个劲都大。"父亲冷笑一声，下颚耸动，"跟她妈一个样。"

无常面露悲悯神色，飘向另一户人家的屋檐。

人们醉心收集死亡讯息，总结相关经验，以拖延自己戴上那脚镣手铐的时日——长久以来，竟演变出一种合理的避险方式，代代相传。他们探究生活琐碎与个人命运间不可捉摸的隐秘联结，将言行与生死相关联，像小伢初识世界时做的连线题。

我生命前八年，在我奶奶，一个神神道道的老妇人身边长大。禁忌像生活里的盐，脱下的布鞋翻过来叩一叩，能倒出一座雪白结晶堆积成的小山。

她日夜上香、烧纸、"做功课"，时刻规避死的禁忌，叫生的人心惊肉跳。鬼神的气力在信仰中茁壮，生者的身影在朝拜下萎缩，缩到看不见了。

早在识字前，我就知晓了清晨的禁语——有些词汇，要是在早晨无意提及，一天都要霉运缠身。禁语涵盖的内容非常广泛：鬼、神、死、梦，乃至动物中的猫、鼠、龙、蛇……没有明晰的标准，硬要问起，老人就很警惕，不作回答。小伢总有犯犟的时候，六岁那年冬天，我跪在神龛前，头顶红星闪烁，神佛漫天。我叠声叫喊："鬼！鬼！鬼！死！死！死！"每叫一声她就打我一个嘴巴。

那是我头回挑战大人的权威。一个幼童对世界起了疑心：莫不是人都因为说错话、做错事就背时了？哪个规定的"错了"？凭甚它说了算？我察觉到，除我奶奶以外，一个看不见摸不着、巨大而顽固的东西，也住在镇里。

镇上的大人都是它的耳目，它的鹰犬。凡事由它裁决，由它做主，由它发号施令，大人们只顾闻嗅追踪，赶尽杀绝，时刻保持嗜血杀意，预备扑咬动作，心怀沦为猎物的恐惧，以满足那巨物不够不休的嘴馋。

过去，关下有个养狗的老头，红面白须，衣衫褴褛，膝盖以下只有空荡的裤管。出行全靠一架狗拉的小车，车身由木板拼凑，铁丝缠绕，左右两侧插有红旗招摇；车头甩出虾须细绳，拴在狗脖上。每逢狗车出行，过路人闻声而动，退闪到道路两旁。花色大小各异的丑狗乌泱如云，狗眼荧绿，口涎滴答。金属车轮划过水泥路面，发出哨音般的怪声尖啸，偶有颠簸，啸声一滞，在半空曳出锃亮的银线，落地，"铿"声短促，句点饱满。

老头稳坐车中，长鞭蛇舞，似神话里驭兽的山神。

可我奶奶说，莫去招惹那疯子。她带我上菜场买菜，见老头在鱼摊边仰头还价，想讨些杂碎喂狗。

奶奶把我夹到腋下，对着我耳朵说话。

他是疯子的话，怎么教狗拉车呢？

狗也是疯的，跟他一个样。莫再问，不吉利。她说。

疯子，她管好多人都叫疯子。大院里捡破烂的，名为"细锁"的中年男人也是疯子，武疯子，发疯病时会打人。可我亲眼见着，一只白狗帮老头衔来装零钱的小搪瓷碗，模样很小心，一个硬币也没掉出来。

奶奶未曾告诉我，他们即将收网，老头死期将至。

镇上人说老头是拍花子，养狗是为哄镇上的小伢，拉去山沟沟里卖掉。这套话术传了一阵，眼见拉车的狗越来越少，车上红旗也只剩光杆。老头手拄两块残砖，在石板路上挪蹭前行。日头暗淡，耀在他锃光瓦亮的秃顶上——过去用彩绳高束，长白似鬣鬃的须发不知何时消失了。一张老脸皱若苦瓜，异常赤裸,加剧了镇上人的恐惧与恶心。

又是一年夏天,老头被初中伢用石子击中面部,瞎了一只眼。他翻着白雾蒙蒙的一只眼滑到鱼摊上去,被案板后的摊主,用菜刀将热气腾腾的鱼内脏直直刮下,浇了一头一脸。过去乖巧的狗饿极,将他当胸踏翻在地,湿漉漉的狗舌舔上去,舔了又舔。

镇上人最后一次见到老头是在江边,那时,他刚被人从迎宾旅社的屋檐底下赶出来。他们嫌他挡了道,把近来生意的冷清也怪罪到他头上,踢了两脚瘦狗还不解气,车也掀翻了。大路上,老人挣动两条不存在的腿,将身体一点点扳正,以手撑地,瞄准车面,重新落了座。在江边,他跟钓鱼的人讨了两条巴掌大的鱼,喂狗吃了。

他的狗只剩一黑一花两条,黑的那条人家想要去吃肉,他不给。

他一只眼望着狗吃完,哆嗦着解下狗脖上的绳套。

狗不动弹。

一地银鳞。

老头到底还是死在了江里。镇上人都说,他是被"收了去"。

"要是不得善终,就死在江里头。"这是远古的一句赌咒,是在水边讨生活的楚洲人之间一句半真半假的玩笑话。生也在这里,死也在这里,江水予人生计,也褫夺生命。它日夜大张阔颚,似一条不知饥饱的鱼。

周文莉坐着她娘屋亲戚家的吉普车杀到学校门口时,学生们正在升旗台前的小操场开晨会——初冬的一个星期一,小孩们强撑睡意,缩在黑白拼色的校服里,不胜风力似的摇头晃脑。

汽车的喇叭声打断了升旗台上如蚊蚋嗡鸣的发言。小孩们望过去,瞌睡醒了一半。

油门轰鸣不止,轮胎下砂石翻涌,声势似胡蜂突袭蜂巢。众人如梦初醒,议论纷纷。门口冒出两个工蜂门卫上前,盘旋一阵,确信了车牌的陌生。

喇叭声不停,连缀成一个个"嘀"的长音。吉普车司机踩在节奏上轰油门,朝学校正门逼近。门卫见其大有冲岗的架势,纷纷狼狈地逃回蜂巢去。

方头方脑的脏色吉普,亮起明黄如炬的复眼,高频振鸣,轮下泥沙咻咻。同它一比,近似蜂窝结构的栅栏门显得不堪一击。

操场上的学生躁动起来,各式闲话在扎堆。

喇叭声戛然而止,四下静得怕人。

升旗台上的人不知何时不见了踪影,广播里响起高一陈主任的声音。

"学生们先回教室,好,散场,散场。"

同组的林老师特意绕过学生,走到我身边。

"老陈倒是跑得快,人家都去校门口,他去广播台。"

"那是谁的车?"

"不晓得。"

幼蜂们余兴未尽,踢踢踏踏地向各自的格子间和劳碌命进发了。

校医死的前一晚,天有异象。从午后开始,窗外天幕是葡萄色,遍布絮状雨云,银白根系瞬间苗壮,斜刺而下。一时间雷声大作,自远天一路敲打过来。江风潮热狂躁如湿毛狗,横冲直撞,顺势登堂入室,搅得满屋灯影摇曳,满地鲜橘碎片。

"关窗啊,邹易!雨飘进来了!"母亲大叫。

"噢!"

当晚大雨倾盆而至,神灵倒下滚烫的水来熬煮众生。所谓"治大国,若烹小鲜",人如江中鱼虾,在障壁之中徒然蹦跳挣扎。神看着满锅生鲜,满心怜悯,大有慈悲。

翌日一早,单元楼外的积水淹到脚踝。

走到街拐角,雨势稍小,远远见校门口围了一圈人。我虽好奇,但没有看热闹的习惯。

再走,看见警车灯光闪烁,黑白配色,像一条虎鲸,搁浅在人海旁。

我心里腾起一个猩红的、轮廓模糊的猜想。

再走近,就知道出事的是校诊所。警察喝退人群,拉起警戒线。

我踮起脚,眼前头颅如蘑菇,大小丰秃不一,菌类荧光似鬼火,将校诊所耀得苍翠幽蓝。柜台空荡无人, 一把圆头药刀匍匐在地，刀血滞水漫流，潴作浅塘。

"人才跑，一身血，没一会呐……""他起下来的吗？劲儿有那么大？""前些时，罗师傅就说切中药的刀架子松了嘛。""就手拿的"……细细碎碎的议论。

刃血新鲜欲滴，刀似沾染了甘甜的果物汁水。

母亲有个远房亲戚——我要喊舅爹，以前在关下开药房，使的就是这式药刀。他铡下一片薄薄的鹿茸，说："这是鹿角，鹿的浑身都是宝。"我问："它痛不痛呢？"舅爹笑我，说："畜生哪里晓得痛呢。"

有人高举一个吊瓶，一步三回头地从诊所踱出。吊瓶甩出一根线，线另一头连着梁凯。他丧眉耷眼地跟在那人身后，面色惨绿，爬进虎鲸配色的警车肚里。

有人大喊一句，人群"嚯"一下子，遭热水泼的蚂蚁般散开，腾出路来。

有人抬了盖白布的担架冲出诊所，迎面吼了一句"小孩！让开！"，我踉踉跄跄旁撤几步，面颊发热。

矮胖如木墩的人形凸起，安睡在白得发蓝的布盖下，黑红丝绒脖圈绕颈——想来是索命的无常将他套住了。

耳朵又听到"砍了好几刀……""回过神就跑……""晓得活不了"……

担架慢慢远了。

街面的积水闻起来也是红的。云端的天神在洗身子，污秽的血从她下体里淌出来，被雨水冲淡，流到人间。

再回头，诊所荧蓝的瓷砖地上，滚着几个毛栗子样的圆球。

直到午饭时分，才有消息传来。林老师脸上挂着讳莫如深的神情，我一看就知道她有话要讲，而且快要憋不住。

刚收好东西，胡兴又堵在办公室门口，一张红脸蒸雾了眼镜片："何老师，一起去食堂吃饭吧？"

"我俩去金冠。"林老师新纹的细眉蹙起来，很不客气地说道，"小胡啊，请女伢吃饭要提前约的，你不晓得吗？"

胡兴巴巴地望我："何老师，外边用的都是地沟油，不干净。"

林气得笑起来："你愿意吃食堂就吃去！你当食堂干净？那汤就是涮锅水！"

我赔笑道："胡老师，下回吧，我有课上的事要问林老师，晚上说课要用的。"

胡兴又巴巴地看我一阵，招呼也不打，扭头就走了。

见他走远，林老师用肩膀碰我："问课上的什么事？小何老师学坏了，扯谎张口就来。"

我俩笑了一通，到金冠餐馆落座，各自点了饭。林老师四处一瞄，算是放心，再细说。

"你晓得早上的大吉普是哪个的？周文莉她娘屋的个老表的。周文莉大着肚子坐在车里头，从钟份拖到这里，要找学校扯皮呢。"

我等着她说下去。

"你晓得扯皮为么事？周文莉根本没结婚！你晓得她肚子里小伢是哪个的？高三的年级主任童兆华的！"

我茫然，脑筋在搅拌，还没有产出任何思绪。

"哎呀，拢共就这几个领导还记不住！今天国旗下讲话的就是他呀！"

我慢慢想转过来："哦，所以童主任一下子就不见了。"

"我估计是周文莉的老表跟他打了电话。搞了半天，小伢是他的！怪不得周文莉什么都不说，我们都还以为她结了婚。"

"周文莉大着肚子这么长时间，家里人都不知道吗？现在才找到学校？"

"所以说，老表来闹其实也不是因为她大了肚子，周文莉不是也把小伢留到现在吗？说到底，是因为两边价钱没谈拢。她破罐子破摔，最后再敲童兆华一笔——嗐，看周文莉平时文文静静的，背地里也搞这种名堂。"

"可是这样一闹，周文莉还能接着教书吗？"

"哪个晓得，"林点的饭上桌了，她狠狠挖了一勺，"这事做得怨人！我们好生教书的人从来落不到好！这样的事传出去，她一个人就把我们代表了。"

我俩同时沉默。

米饭先是盛到碗里，压实，再倒扣进盘里，清清白白的米粒子形状饱胀、圆鼓着。

像个坟包。

六　欧阳

还记得那个叫欧阳的流子哥么？——你说，为什么要把小混混叫"打流的""流子哥"呢？难道也跟水有关系吗？

据说欧阳是从钟份转学过来的。钟份原本是临近电厂的一个小渔村，○几年被划进楚洲，如一片灰鳞怀着腾跃的希冀，加入振尾青鱼的江河愿景。几年过去，才惊觉此地久旱、化龙无望。灰鳞变鱼虱，与青鱼血肉共生但隔阂分明。钟份中学如母虱，繁衍刺头，输送流氓，镇上人恨极。

欧阳是混养在旧街的一只鱼虱，深入腹地，饱食安逸。娃娃脸、肢节短，身材干瘪，形似臭虫，稻草黄毛刺——烫成时兴的锅盖样式。在学校奶茶店门口，间歇性弹跳抽搐，甩动刘海儿。起跳夸张，腾空短暂，落地轻盈，一套动作中饱含对长高的期许。

背甲上硕大的烫金莲花标如佛印，助其广结善缘——如我们班的黄倩，虔心诚意，满口吐禅："邱玉娇，欧阳肯定晓得哪里能买到便宜 A 货，你快去问他——""你要害我？他说他穿的都是真家伙！"

"欧阳"这一少见的复姓名号叫响,也就没有多少人晓得他的全名了。

校医死后,梁凯就不来学校了。

有一回,在女厕所,黄倩跟身边一个梳很多小辫的女伢说:"欧阳没工夫陪我,他满大街找人,网吧溜冰场都跑遍了。你说找哪个?梁凯!嗐,当然是有人叫他找!我哪晓得找来做么事?"

我扎在人群里一声不吭。可还是被她发现了:"哟,你又听到了?告密去呗,我晓得你喜欢他!你这样的女伢也得个鼻涕虫来配你嘛!"

七月的一个晴天,天晴得不怀好意——你晓得江城的天气,楚洲就是遗传的它。不久前,我父母吵架,母亲冒着大雨连夜带我回了娘家。日光罩灌下,老街浮泛着波纹状热晕。家里来了亲戚,我被老人支出门,背后有一场隐秘而盛大的批斗在暗地里进行。

我逡巡路边书摊前,最后选中一本《故事会》。那封皮看得人脸热,只好把书平摊在腿面。榕树荫底下躺椅上,大肚子的书摊老板,赤膊短裤,两足高翘似未腌的火腿,睡得鼾是鼾屁是屁。

正看到要紧处,有人低声叫我:"邹易!"

我把书死死按在腿上,抬起了头。

竟是多日不见的梁凯。他紧张兮兮地四下张望,猫腰躲在我身后两面半人高、夹满各式小书的铁格栅后。用晾衣竹夹固定的书皮花花绿绿、密密麻麻，似葳蕤草木。梁凯如野物遁入莽丛，不见踪影。

奶油色日头下，一步三晃的丰满人影犹如天降，滴溜溜旋至眼前。我一眼认出是同班同学潘子昂，他是个被江城特色芝麻酱沤得肥头大耳的胖子，肥硕如应季泥藕。街边的金三角超市是他家的，凡小伢买东西必受其盘剥，只有个别例外，如欧阳、黄倩之流。

"喂，梁凯呢？"

我不作声。

潘子昂三两步冲过来，抢过书，揉成一团："问你话，聋了？"

我抬起头。

眼前的肉山正被太阳烤得吱吱流油。白色校服短袖精湿，紧紧勒在腹乳上，似乎马上兜不住要满溢出来。

"不晓得。"

"我跟他前后脚出来！他从你眼前跑的，你说不晓得？"

打他一拳肯定会陷进肉里，又弹出来，他一点都不痛，不划算。

"邹易。"又有人叫我。

我循声望去，见一身短衣短裤的江潮，趿一双男式塑胶凉拖，远远地招呼我："这几天，怎么不见你去钟楼看书？"

又笑，说："梁凯，你蹲在那里干什么？"

十一月底，江城开始大范围下雪，这倒是件稀罕事。

林老师戴了一个灰色的毛线帽,一进办公室,帽顶的雪粒子就融化了。

"有点味道,开门通通风吧。"林老师嘟囔。

我桌上堆着每周例行的摘抄作业,赏心悦目的文学碉堡,名言精巧、警句醒神、文段明目,字迹稚如青果、沾露染尘、携枝及叶,极具创世意味地拼绘出自然绚烂、人情冷暖、哲思翩跹。

面前摊开的这本上边写道:"我生活在妙不可言的等待中,等待随便哪种未来。"

随便哪种未来。

林老师在半掩的门边抖落她的帽子,突然旋到我身边,悄声说:"胡兴在我们办公室外边呢。"

"路过吧。"

"我看不是。"林老师说。

"何老师!"他叫唤上了。

手里的红笔一顿,在摘抄本上洇出个墨点。

随便哪种未来。

我还未离席,胡兴就从门缝探进大半个身子。

"你们办公室真舍得!还开空调。我们办公室都是老爷们,没有你们女同志娇气。"他评价道。

"胡老师,有事吗?"

"我估计你没过早,"他从衣领里摸出一嘟噜白塑料袋套着的包子,"这是我妈自己蒸的,肯定比学校门口的要干净。"

同组的李志远端着保温杯路过。这老好人掉过身，站在门外冲我俩点点头，说，"小何，胡老师给你送营养早餐来啦。羡慕你，我们都没这个待遇。"

随便哪种未来。

我借机把胡兴看了个清楚。人不丑，也不矮，只是五官淡得徒手可以抹去，唤不起记忆欲望。

"何老师，"他讪讪地别开眼，脸在充血，"你盯着我看做什么？"

"我吃过早饭了，我不饿。"

"你下早自习就回办公室了，吃了什么？"

我的笑僵在脸上。

林老师又上来给我解围，说："我给小何带了吃的。怎么，许你带不许别人带？"

胡兴不说话，提着一嘟噜包子转身走了。走了没几步，包子一个接一个地挣脱塑料袋束缚，滚落到地下。

胡兴头都不低，大脚踩过去，白包子踩成了黑肉饼。

潘子昂跳起脚，如野猪冲刺，掀翻铁格栅。一时间百木倒塌，莽林变色，书本哗啦啦遍地散落。

自书堆下伸出一截黑瘦胳膊，充满求生意味。潘子昂伸出见义勇为的援手，拔萝卜样紧攥绿缨的手腕。

我抢身把那本《故事会》攥在手里。

梁凯如羽化的蝉虫，一经破土，便两眼圆瞪，口吐吱哇怪叫，双腿弹动如蚯蚓。潘子昂的肉手纹丝不动，那被芝麻酱滋养出的力气，同芝麻酱在江城人早饭中的地位一样不可撼动。

潘子昂拖拽梁凯，如赶路的拾荒人顾不上身后的褡裢，任其在途中脏污磨损。

江潮好奇地问："他们在玩什么？"

睡着书摊老板的榕树荫下——只见白花花的大肚子高低起伏。

"快走吧。"我随手将《故事会》扔进书堆。

"梁凯呢？"她问。

"邹易，你还算个人？"梁凯大叫。

"快走快走。"我说。

就在这时，一只手捡起了我刚扔下的《故事会》。

循着白幼如乳羊偶蹄的手望上去，是一张阴晦如虫的娃娃脸，鉴定文物般左觑右看黑白纸页，翻转手腕，与书皮上衣着清凉身材火辣的女郎深情对视。

欧阳亮出封面，身边人顿时爆出鬣狗嚣叫，笑得口斜眼歪。

"黄倩说你晓得梁凯在哪里，我还不信。"欧阳开口如眼盲，一时找不着说话对象，"你不晓得我在找梁凯么？晓得还敢瞒我？"

话快说完，眼光才施舍到我身上。

"我不晓得。"

"邹易，你晓得欧阳找我，怎么不跟我说？"梁凯起身盘坐，大声叫嚷，"你故意不跟我说，耽误别个工夫做什么？"

"莫鬼扯！"

见欧阳走近，潘子昂如温驯庞大的丑狗，自觉将猎物拱手让出。

"许哲在哪？"

"谁？"

"怎么，你不认得？姓许的，剁八块的儿，你的亲姐夫。"

"我怎么晓得？他跑了，没回屋里去！你找他做什么？"

欧阳不是能够静心答题的学生，何况梁凯那张脸上鼻涕痂汗迹纵横，既污染了卷面也增加了审题难度，叫人辨不出是非真假——许哲走后，他像个没娘的小伢，捯饬不干净头脸。

欧阳抡圆胳膊，扇在梁凯脸上。

"人在哪？"

梁凯嗷地号叫，哭咧了嘴："真不晓得！"

"我再问一遍……"

"不晓得！真不晓得！你找他到底为什么事？"

欧阳不耐烦地朝鬣狗群一招手，后者嘻嘻笑骂，收紧了包围圈。

我不动声色地拉住江潮。

"我知道人在哪。"她说。

"江潮，别胡说。"

"你们看到街对面那铁门了吗？人就在那里。"

众人循着她手指的方向望去，两扇斑驳宏门，链条盘缠，残漆如血。门后帐篷形状的建筑光尘遍体，岿然睨视，篷顶幽蓝如淬毒蜂刺，尖顶之下出露黑红钢铁，骨骸淋漓。写有"金三角室内游乐场"的招牌早已丢失，娱乐之魂已逝，空余滑稽皮囊。

有人说游乐场闹鬼，皮下住了新魂。

"你怎么晓得姓许的在那里？"

"我就是晓得，我看见过他。你敢去吗？"

"你说我不敢去？"

鬣狗们的表情有些玩味。其中一个说："问出在哪不就行了吗？给斌哥打个电话，我们的任务也算完成了。"

说话人有些眼熟，我想起来，是邱玉娇的对象。

"你能确定姓许的就在那里头？"欧阳没好气地回道，"要是让他跑个空呢？你担责？"

江潮牵住我的手，轻轻捏了一下。

我看看她，她看看我。

"你怎么证明姓许的躲在那里边？"欧阳原地踱步似仔鸡觅食。

"你让梁凯去叫门。"

他们恍然想起还有这样一个人，踢踢打打地将梁凯赶到路边。

"我不去，我不敢！"梁凯哭丧着脸。

"欧阳，姓许的杀过人，我们就算找着他，又能把他怎么样？"

"怎么，你怕呀？"欧阳啐了一口，斜眼望他，"李志鹏，你是怕杀人犯还是怕鬼呀?"

"八妈养的才怕,"李志鹏说,"我只是觉得凡事要多想一下。"

"多想多想,要多想你回去读苔书算了,跟着我们玩什么?"欧阳一推梁凯,"走,看你嫡亲的姐夫去。"

一行人浩浩荡荡地向金三角游乐场进发。游乐场一侧,影剧院黑洞的窗眼半睁,蛛瞳惺忪,宣传海报如丝网飘扬,那是当年"剁八块"开公审大会的地方。人们绑着他,从街头押到街尾,再拖到剧院台上。人群里有个大肚子的女人看着这一切。

他想再看远一点,看"未来"里有没有那个大肚子的女人,有没有肚子里的……

砰。他摇晃几下,向前仆倒了。

我掌心发汗,江潮的手滑溜似活鱼,难以把握。身后,潘子昂混进鬣狗群里,脸上同样带着对残羹冷炙的期许。

游乐场投下树荫般的巨影,影下暮气深沉,土地阴寒,艳阳顿失威力。游乐场左侧建有一水泥素胚的公共厕所,沤肥门前野地,荒草疯长,臭虫滋生。铁红大门虚掩,锁链盘曲,门后景象昏晦不可视。

梁凯拔腿要跑,被欧阳抓回来,捣了几拳。

他又号起来:"我不去!我不去!"

欧阳抬手又欲打,听见身后潘子昂说:"你们觉不觉得这里冷?因为阴气重!你们晓得金三角游乐场为什么关门?因为出过事!看门的婆婆本应该在小伢玩的时候招呼他们的,结果她跑到影剧院后门看戏去了。一个小伢,四五岁,卡在蹦床边的弹簧中间,卡死了。"

众人齐刷刷地回头望他,他便很受用地继续说道:"后来那小伢一屋的亲戚跑来扯皮,把老太婆的头打破了。她在床上躺了几天,也死了。"

欧阳搓了搓细胳膊,还没来得及说什么,潘子昂又说:"公共厕所阴气也重!你们晓得么?那老太婆肯定上过那厕所……"

欧阳暴怒,直扑过去,在潘子昂的肥屁股上猛踹一脚:"滚!"

肉山纹丝不动,脸上却惊惶起来,直到欧阳的第二声"滚"落地,他才忙不迭逃回了自家超市。

江潮将食指探到我掌心,先写了一个"口"字,"口"字右边是什么我没认出。

她又写一遍,是个"叫"字。

梁凯被逼到铁门边,硬着头皮敲了门。

"哲哥……哲哥你在吗?"

"大声点。"欧阳恢复鱼虱本性,紧贴梁凯,一道寒芒在两人间闪过。

"许哲!你把老子害惨了,你快出来啊!"

江潮朝我使了个眼色。

"我要上厕所。"我说。

"快滚。"欧阳贴得更近,梁凯在铁门上软作一摊。

公厕是上世纪的产物,文明的电力尚未接通,唯有砖墙上镂出的透光花窗,视野昏暗,脚下污秽横陈。我捂住鼻子,缓慢踱步,在女厕走廊尽头发现了一扇大小可供人爬出的木窗。

我开始尖叫。声音凄厉如小鬼哀号,唤醒年岁久远的原始经验,如战斗时作势的恫吓、狩猎时进攻的号角、激烈情绪时的直观宣泄。满载肌肉记忆的喉核,助我重拾儿时技能,将一个长音拉扯得如蜜蜂丝般缥缈悠扬。

上次这样放声尖叫是在什么年月?也许是六岁生日当天。不是我想叫,是一个蛋糕上只有一条奶油裱花的龙,被表弟一塑料叉削去龙首。可那明明是我的生日。我歇斯底里的嘶吼,被一个耳光阻断——"吵死了,你哪有个女伢样?"

从那天起,我晓得了:女伢不该大吼大叫。

自此我丢失了发声器官,如同被削首的奶油龙一样。

音波如潮,淹没万物,听不清外界响动,仿佛全世界只剩我一个。

江潮踩在一声嘶吼的收尾,小跑进来。

"他们真的以为你看见了什么。"她凑在我耳边说。

"我看见你。"我说。

我们从窗户翻出去,拐进灌木丛生的小道。面前一堵红砖矮墙,墙后尖顶高耸,骨骼毕现。

翻过矮墙,江潮掀开帐篷外塑料布一角,钻了进去。

"慢点,小心铁丝挂头发。"

"干吗要救他?"

二人一前一后在黑暗中爬行。空间逼仄,灰尘悬滞,我早

067

已晕头转向，分不清东南西北，也不知自己身处何处。臭皮革和机油味盈满鼻腔，鼻息败坏，一路眼泪喷嚏不断，不知摸了多少虫足鼠尾，兜了多少蛛丝灰挂。

不知过了多久，前方隐约有光，江潮拉起我，"唰"地拉开眼前黑幕。

篷外亮处，大门虚掩，门闩未插。

"没声了？厕所里出事了？"无人回答，门后又"哲哥哲哥"地叫起来。

江潮猛地推开大门，门上铁链直扑如蟒，筋肉紧绷，发出金石巨响。

"江潮？"

她抓住梁凯的手就往门里拖。

"耍老子？"离梁凯最近的欧阳率先反应过来，一把揪住梁凯的后脖领。

我揽住江潮的腰，重心后顿。

梁凯嗷嗷乱叫，双手死死抠住门扉，门内探进半个脑壳。

"他妈的都瞎了？还不过来帮忙！"

梁凯如拔河绳，前后给拉扯得筋节作响，惨号不断。

"欧阳！欧阳！老子没有得罪过你呀！"

"闭嘴！你在哪个面前充老子？"

"欧阳，欧阳，你看！你看！那儿有个婆婆！"李志鹏大叫。

"鬼叫什么？"欧阳吼道，"你屋里死人了？"

"你看嘛！"

"看，看什么？"

话音刚落，手上一轻，我仰面跌倒，摔得晕头转向。梁凯油滑如鼠，火速窜过门缝。江潮趁机扭紧插销，二人合力闩上大门。

"梁凯，你以为你跑得了！老子在学校等你！"

门外脚步声踢踢踏踏，逐渐远去。

"老子差点、差点就交代在这了。"梁凯喘着粗气，仰倒在绿苔遍布的砖地上，身上校服松垮如道袍，前领扣子尽数崩落。"他们刚刚说什么婆婆？"

"你听错了。"江潮说。

"听错了。"我说。

帐篷入口处未设门扉，只披着毛毡花布，作为简易门帘。江潮卷起破皮烂布一角，让光透进去。游乐场里娱乐设施零星分布。地面轨道如未风化完全的蛇骨，灰尘与零件的皮肉粘连；座椅造型是红金鱼绿王八之类，水产河鲜皆上岸已久，水分营养流失，饱受霾害污染，外壳腐朽，烂出瓜瓤内里；水产转椅后，钢筋铁骨的老式蹦床占据篷内大半空间，冰冷肃杀如大型斗兽场；八角笼团团围困，金属锈气模拟远古血腥，败者冤魂吐露呢喃絮语。

"刚刚我们就是从蹦床底下钻过来的。"江潮说。

我们盘腿坐上蹦床边沿，牵动久未承重的筋骨咯吱作响。身下的网格布面看不出原色，边角处有弹簧丝钻出网布，如毒草丛生。蹦床中心挖出一个上宽下窄的铁皮坑，坑底铺了薄薄一层黄沙,黄沙上飘着数十个拳头大小的塑料球,缤纷如糖豆,干瘪如豌豆皮。沙坑正中支起一架铁楼梯,七拐八拐盘旋而上,尽头一片漆黑,什么也看不见。

梁凯上脚踩了一下,楼梯簌簌落下铁锈。

"潘子昂为什么找你?"

"我还当他不晓得,原来是跟欧阳通风报信去了。"梁凯歪头傻笑,从裤兜里掏出两条软趴趴的巧克力。

"你在他店里偷东西?"

"江潮,多亏你。"他分给江潮一条。

"邹易,我分你一半。"

我们把带着梁凯体温的巧克力吃进肚里。

七　小伢

江城留不住雪。

泥与凌混杂,搅作蓝灰色沙冰,盛在未曾洗涮的天地碗碟里。如救济的口粮,见者有份,学生、教师、校领导,无一幸免地沾染上穷酸色彩。众人平等地享有一场心灵饥荒,青春空虚、中年危机、老年踯躅,化作无休无止的燎饿焦渴,与几乎烧到滤嘴的香烟、躲在楼梯间接吻的情侣、盥洗池里的假发……

频繁向自然乞食,校内风光也成了食堂,季节限定的陈泥烂雪,丰富菜单,调理胃肠,足以让众人心甘情愿地举起餐盘,虔心乞食。

天穹强抻黑洞大嘴,一弯松动污黄犬牙月。

大理石砖的天阶倒转,笔直向下,直通教学工厂,开辟出一条灰白圣洁的精神末路。石阶寒冻湿滑,全途无灯,摸黑独行似苦修。

路尽头的草丛里升起两点碧星,和猫一般瘦的秃狗荧眼闪烁,垂摆着半截枯尾,向我迫近。

"嘘，嘘，别跟着我。"

我走一段，它跟一段。伸手进包里摸索，摸出一包苏打饼干。

肉食性的犬类下颚，干涩地咀嚼小麦制物，嘎嘣作响。

进了教学楼再看，狗不见了。

"何，你早读上完了？"

"嗯，吃早饭吗？"

"不吃了，搞不赢，作业没判。"

"两位美女，不吃早饭？"李志远笑嘻嘻地走进门，"我听说，垃圾厂的红头文件要下来了。"

"之前不是说翰林社区的学生家长……"

"石沉大海了呗，斗得过他们？"林老师埋头判作业，指头快速翻动，纸张飞扬，"这些学生，阅读做的都是什么东西！狗屁胡说！"

课程中途，一声濒死长号如鸣笛警报，响彻校园。话语顿时卡壳，孵化中的字卵成批变质，讲台下人眼灼灼，好像要把我烧出个洞来。

教学楼里，号叫滔滔流窜，呜咽汹涌如潮，死亡气息具化成海洋，一只瘦狗载浮载沉，轻舟上的无常，手执粗布麻绳，衣衫未湿，口中念诀，大显魑魅。

音高不断攀升，凄厉得骇人，拉扯无休止，最后分明被痛楚，或别的什么东西押得变形，刺耳得不再像狗叫，倒似啼血鸦号。无常的索套已然收紧，死亡的阴影吻到缺毛的颊边。

胸膛中擂鼓怦怦。一颗心脏高悬，竟不耻期盼：早些结束折磨，早些达成它的目的。

我打了个寒噤。

长音有如浪头起落，指向最后落地解脱的一瞬。号声跌破，断处利落，耳根清净。

"何老师，何老师，你没事吧？"

我惶然。教案上面都是字，一个字都看不懂，一纸空文。

他们什么也听不见。

无人听见。

我用牙紧咬住浑身的哆嗦，扯出一个笑来，摇摇头。

"做篇阅读吧。"

回去途中，远远见几个中年男人说说笑笑往校门口走。其中一个吃力地举着一根长杆，长杆下部轮廓膨大，末段连着半截毛茸茸的尾巴尖。

"他们找许哲做什么？"

"你真想晓得？"

"快讲！"我受够他装模作样。

"你跟我保证不说出去！"

"不用讲了。"

"我讲我讲，钟份的钟永斌，你晓得吧？"

我不认得，但这名字我有印象。

梁凯说，钟永斌在找许哲。两人有过生意上的往来，关系不算亲近。

"许哲手上是不是有他什么把柄？"江潮说。

"说不定他做了坏事，怕许哲捅出去。"我说，"反正他杀了人，不在乎多拉一个垫背。"

"江潮，你脑壳真灵醒，肯定是。"梁凯说，"摊上他，算我全家倒霉。"

江边废弃的六拐幺四油库，是记录上世纪八十年代楚洲国营经济发展的遗迹，而今已人去楼空，原地空余巨大的白色油罐，燃油气味依旧浓烈刺鼻。

大门未落锁，梁凯蹑手蹑脚领路，笑得神秘鬼祟。

厂房边的空地上立着几个蓝色药丸样的油桶，正对一辆银灰色面包车。那车相当老旧，凑近一看，车后没有座椅，只有一个大铁皮箱。

"这就是我跟你说的，许哲从别人那搞来的旧车。"梁凯说。

"他的车在这里，钟永斌的人晓得么？"

"晓得的。"江潮说，指着瘪掉的车轮，"他们把车胎都扎破了，这车没法再开了。"

我直觉许哲有一份不可向外人言说的工作。

我们又在油库里转了转，没有别的发现。

某天下午的第一节课下课，我伏在桌上昏昏欲睡。头疼似一整块琥珀核桃，痛楚的外壳薄脆鲜明，包裹住我萎缩皱巴的脑仁。

有人拍我一下，我抬头看，是李文溪。

"夏老师找你。"

"哪个夏老师?"

"隔壁班的夏老师。"她别开脸。我想起她也是绕路去看夏老师打球的女生之一。

我出门去,发现夏老师就站在门口。

"邹易,听你们陶老师说你很会写作文。"他说,友好地笑起来。

他是这么说的吗?我怀疑,但没有问出口。

"最近有个比赛,学校要我负责挑人,你想试试吗?"

"我不会……"我想起作文纸上鲜红的分数。

"题材不限,没有题目,想些什么写什么,我看不惯那些照本宣科的东西。"他说话的时候,眼镜片透亮得像要化掉的冰。

我是长久生活在幽暗水底的爬虫,反光的冰晶是那样刺眼地,照着我乞食的丑态,照着我细细收集、又遗落一地的文学残渣。

"谢谢夏老师。"

"我们班的邱玉娇也参加比赛,你们可以私下交流一下。"

"你在听吗?"

"对不起啊,"我回过神来,"夏老师说的比赛是江城杯吗?"

"是啊。"鱼神色落寞地说,"后来我才知道,夏老师是无意间看了我的作文本,才坚持要我去的。"

"邱玉娇的作文写得很好吗?"

"那倒不见得。"鱼说,"李文溪知道她入选之后非常生气,比知道我入选了还要生气,她说,'她那样的人也能去,邹易去了倒也不奇怪……'"

"那最后比赛……"

"没去成。"

一段沉默。

"下雪了,"我说,"你想看吗?我把窗给你打开。"

宿舍在一楼,阳台窗户正对一块无人踏足的积雪草皮。可惜日期已不新鲜,原本蓬松如现挤奶油的白色方块现已软塌下去,放出几点黑黄色霉点草尖。

"开窗会不会冷?"

"不冷。"鱼将嘴部探出水面,开合几下,好像在品尝窗外送入的冷空气,"下午还去?把窗给我留着吧,我能看见你什么时候回。"

我不在它身边的时候,它在想什么呢?或许会以鱼的形态,徜徉在记忆之河里。过往人事物纷纷如流水,它有大把时间穿游其中,像反复翻读一本书,越看越真切,越看越清醒,把自己都看老了。

晚读之前,林找到我。

"垃圾厂没有下文,周文莉的事有下文,听不听?"

"听,听。"我正忙着往碗里舀稀饭。来得不是饭点,食堂空空落落。今天没去金冠,有人说死狗在金冠变成一道好菜,给门卫们打了牙祭。

"周文莉她娘家来闹，实际是因为陶家大湾那套房。"林说，"这咸菜他娘的都冻成硬坨子了——"

"那房是童兆华的？"

"是啊，"林铲不动咸菜坨子，把铁勺随手一甩，"估计买了一直空着，就叫周文莉搬进去了。现在说要修垃圾厂，过几年估计要拆迁，周文莉她娘屋就要这套房，好得拆迁费。童兆华不给，她家就把事情捅到童兆华他媳妇那里去了。结果夫妻俩一致对外，说想都别想。周文莉她娘屋的就想了这么一出。"

我立即想到校门口那辆吉普车："她当时就在那吉普上边吗？"

林点点头："他们也不怕周文莉在车上出事，大着肚子。"

"那是不是说明，垃圾厂确实是要建呢？"

"都是传说。如果要修，那房肯定是要拆的，可能周文莉她娘屋的提前听到了风声。"林说完，三两口把一碗清稀饭喝进肚里。

"由着他们修么？"

"什么？"

"垃圾厂？"

"那不然呢？"林觑着我，嘴边有个古怪的笑在酝酿，"小何，你莫像别个一样……我以为你能想转来的。我们这样的人还能做什么？翰林社区，那么多的学生家长都反对，有用吗？"

"学校领导呢？他们也不管吗？那么多学生。"

"你看周文莉，她就没想到肚子里头的小伢，没想到小伢将来要住在个垃圾厂边上,没想到这小伢生下来要遭人白眼——她只想得拆迁费。真正脑壳灵醒的会去管这个事吗?要是周文莉不搞这一出,童兆华只怕还觉得物尽其用了。"

见我不开窍,她就差把手指头戳到我脸上来。"在什么位置就做什么事,你年纪轻,又刚到学校,要走要留都是你的事。但是我要劝你一句,莫想这个心思。"

我点头应下来,对着面前那碗稀粥傻笑。

林老师催我快吃,我端起就往嘴里灌,稀粥凉如冰铁。

许哲的事在镇上传得沸沸扬扬,我想起他的伞还没有还,就搁在家门口玄关处。

母亲回娘家后愈发健谈,说话也不再避我。

"在你们居委会辖区,是不是?"白胖的妇人,花裳鲜亮,怀里抱一个啧啧吃手的胖婴孩。

"怎么在我们辖区?明明在一初学校嘛,"我母亲瞥我一眼,"邹易上学路上看到的。"

"哎,我是说住的位置。"妇人胸前的布料都叫婴孩口水打湿了,她也不管不顾,"他屋小伢也是造孽,没有个正经大人。"

"这点小的破位置,还不晓得他七拐八拐躲到哪里去了。要我说,要赶快捉住,不然小伢上下学哪里放心呢。"

"你在他那儿买过么?我买的时候还看不出他有这样狠的心。"妇人后知后觉地抚着胸口精湿的布料,两根短粗的萝卜头手指捻住领口,微微扇动,"卖得比钟份那的便宜。"

母亲连连摇头:"看他老子当年——那一屋的我都信不足。"

那时,梁凯已经回来上学了。

他面上青紫,丧眉耷眼如快鸡,课间只伏在桌上睡觉,什么人叫都不理。

"牛气什么?杀人的是姓许的,又不是他!"大把的人不满他的寡言,"问了又不说,不问他又长吁短叹,作怪相!"

他们什么也不问了——虽然也算班主任的授意,他们选择当一回听话的乖乖伢。

梁凯不晓得,新鲜的劲头已经过去,杀人案成了过去式,眼下最时兴的是电子游戏和选秀明星,初中伢的热情如成群蚊蝇,腥膻聒噪,急速转移。

有天放学,欧阳在校门口甩他新染的红刘海。身旁的黄倩一眼挑出我,一路咬牙切齿追问:"欧阳说你真骚,你跟他说了什么?那么贱,撬我老公?"

我正欲辩解,又听见身后说:"你那天不是蛮会叫的吗?今天怎么不叫?"

肩胛骨遭人猛撞,我向前踉跄几步。

江潮不晓得从什么地方冲出来,手执一柄打蔫的荷叶,胡乱挥舞,抽得欧阳连连后退。

"泼妇!"黄倩一上前,也被江潮打退,叶片沾了满脸。

"你等着!我认得到你!"

江潮拉起我就跑。身后有人叫我的名字,我回头一看,是我爸。我俩跑得更快了。

苍穹肌理坚实如冰，云霾似霜，老日慈蔼，泰然受冻，江潮手里一秆秃荷梗，出挑如蟋蟀草，撩拨日头。

我说要请江潮喝汽水。

小卖部开在江边迎宾酒店旁，名字也借用它的，叫迎宾小卖部，只是老板脾气火爆，时常与顾客对骂，不晓得迎的哪门子宾。

店内，一白胖妇人眼神流转滞慢如龟，脖颈赘肉似鳖甲肉裙，玻璃柜台仿佛水族缸，电视机缤纷若水藻，电风扇螺旋桨，龟粮瓜子、营养液汽水，饲养条件完备，生态环境良好。

家里人不许我喝汽水，他们说饮料花花绿绿，都是色素，色素会让人脸上长斑长痣，让人变丑。

从冷柜里拿出营养液汽水，玻璃瓶瘦长，一张手，衣服下多了个湿爪印。

江潮双手扣在瓶身上，吐出条绿舌头。

"去不去我家玩？"她问。

"作业没做。"我说。

闻言，白龟满皱的皮脖蓦然抻长，浅觑我二人，目光游离如鱼啄苦藻，腮帮子如鱼肚起伏，毕毕剥剥嗑食瓜子，啐出细碎黑壳。

"也不好随便去……"我又说。预备把空汽水瓶放到回收的塑料箱里去。

"有什么随不随便？"江潮不解，"是我请你去的。"

一个小女伢，羊角辫左摇右晃地跑进来，踮起脚，把一个牛皮纸包双手捧到柜台上。

"差一味,要等一礼拜。"小女伢说,乳音似燕啼,举手投足间洋溢仔鱼玩性,怎样看和白龟都不是一个种群。

"又凑不齐?"白龟扁胖如蹼的手拈住纸包,"差哪一味?你就舍不得多问一句?"

"姆妈……"

"好了好了,你是一点也指望不上。你弟呢?你奶奶喂过了?"蹼爪一钩,纸包滑进抽屉,"罗师傅不在,才叫你去跑,多费些事……"

"罗师傅,罗师傅……"

"罗师傅怎么你了?"

"罗师傅给板栗我吃。"小女伢眼里在涨潮,"吃了就要脱裤子。"

路路通。

白龟骇然,多褶的身子漫过柜台,动作迅猛地赏她一记脆响,把说出口的话打散在水缸里,不叫它作数。

"瞎说什么!"

我悚然。汽水瓶跌在地上,摔出一声炸响。

八　江女

这故事是无根浮萍，即兴漂流江中，无处着床。弱水四环，绮花孤立，萍叶载渔镇，痴鱼梦江女，过去与未来、来路与彼岸，个中曲折，善恶因果，俱是一派烟波茫茫。

只晓得，江边有座庙，庙里养了一个女伢，生得体面灵醒，十几岁，投了江，庙里差人去捞，只得一素色布鞋，捧回佛堂。

女伢还未皈依，没有法号，人都叫她"二姑娘"。

不知情者心生怜悯："可惜可惜，年纪轻轻，生得也好，还未许人家！"

乡人神情诡秘，与其耳语片刻，前者便回心转意，收回怜悯："活该活该，小小年纪，真不讲脸！"

多年后，二姑娘从鱼的睡梦里醒来，眼前一片黛蓝，以为还身处梦境。

初冬的江面，疏星晃颤若步摇，弯月花钿，云髻高盘。破水而出的少女，继承穹冠盛装，身披河山，口吐白瘴。

胸膛光裸，摸不到心跳——她是一具溺毙的活尸。

二姑娘赤身翻倒在栈桥桥面上，耳畔似有天地轰响，自然呼吸,万物吞吐,身下栈桥挣颤似活物,在蚁虫嗞嗞蛀蚀下,发出不堪重负的尖啸。

眼前星光混沌,令人目眩,漫天皆是望着这死而复生之人的笑颜。她受了鼓动,畏寒似的抱住两臂,挣起身来。

一路走,水珠一路落。岸上就近有酒家,方桌列阵从长廊泻出,排摆到眼前。渔镇未醒,酒家先一步睁开廊檐底下两只猩红的灯笼眼,睨视来者。她穿过桌阵,看见一只憩在长廊上的花狗,生一双踩水的宽厚脚爪。花狗闻声醒来,懒声吠叫。

内屋传来老妇人的惊叫,哪个又在那里?手脚不干净不要让我捉到!

旋即灯火大亮,提灯的婆子旋风一样刮出来,喝退了狗。手刚伸出来,就见橘黄的光映着一截赤白的身子,她嘟囔着"罪过罪过",掉转过头去,亮也哑了,身后人影尽数止步。

"来个人去找个短袄子来呀!"她叫道。

黑乎乎的一件短袄从黑乎乎的人群里递出来了。老夫人用那短袄将二姑娘兜脸一蒙,揽住她往回走,高声道:"没有什么看的!都散了!明天不做事吗?"黑影微微欠身,做出撤退的动作,却没有离去的意思。

直到她再叫:"都滚!不知丑的下贱胚子!女伢家都是叫你们白看的身子吗?"

黑影便挤着挨着缩回角落里去,嘟囔着嘴,存了好些话。花狗也凑热闹,狺狺帮腔,左邻右舍的狗吠猪哼小伢哭都跟着响起来。

"进屋里去！还不够现眼么！"婆子搡她一把，推她进屋。她把短袄子褪下递过去。婆子不睬她，直把里衣往她头上罩。

婆子生得高大，腰膀浑圆，二姑娘从衣领的洞里觑着她，只见一张熊样的黑脸。有人敲门，老妇人便丢下衣服应门去。留她青白的四肢在布料海里挣扎，好不容易寻到出口，解放手脚。又听见门外话音嗡嗡作响。

门外，婆子笼着一个跟她生得一般黑壮的汉子的耳朵，说道，生得那样好……个子那样高……脚也大，怕不是正经的人家。

黑壮如熊的汉子掉过头，与门缝后的二姑娘看了个对眼。二姑娘只看着，不动弹，似乎与她相视的是沟渠边的一块臭石头，水里头的一只瞎眼王八。

汉子望回婆子脸上，好像那里粘着一粒米，讷讷地回道："那，捡回来做什么？"

婆子背手敲打腰脊，以示自己虽然年老但仍中用，半轻蔑半自得地睨着他："榆木脑壳，难不成你老娘会害你？"

婆子再回屋去，见她已在破竹床上和衣睡下，心里暗暗吃了一惊，施了她一床跑絮的薄被。

夜里的响动催着乡人上门。初冬的院落坐满宾客，从檐下一直坐出去。妇人怀抱流鼻水的小伢，点一小盘下酒用的炸鱼——刚摆上桌就冷得发腥——再不济是一盘臭的酸豇豆，切都不切，长长一条委蛇在盘底。男人桌上多加一壶自酿的糯米酒，众人都装作不经意——实际巴巴望着，都晓得他家白得了一个闺女。

婆子肩头搭截粗布巾,半倚在桌边,假意和一个新得幼子的小媳妇搭话,说:"就是个我屋里的外外,昨晚坐船来的嘛,跟屋里哪个都不说,闷声就来了,胆子大得很。半夜给她收拾房,有跟我说个谢字,哪里还指望人家能够早起帮忙收拾店哩?"

"嗫哟哟,王婆婆,哪里有你这好的舅母,真是菩萨心肠。"小媳妇一边回道,一边把幼子探到胸襟里的手爪像捏死老鼠一样提溜出来,但只消一会,那小猪崽似的头颅整个扎进她怀里,一张鲜红喇叭嘴蹭在胸脯上,哎哎叫唤起来。

王姓的婆子听了这话很受用,嘴上却未有一点松懈,长吁短叹地说起她那外甥女的不是,无非是些责怪少年人顽劣的无关痛痒的话。

"你那个外外,半夜里来咋还是光身子咧?"

男人堆里冒出一句话,燃了引线,你一脚我一脚地踢出来,掷在众人脸前,最后炸起笑来。

女人们都绷着脸,把怀里小伢的头按下去,往男人堆里张望。若笑的没有自家男人,她们就舒一口气;又想起这话不该女人家听,便佯装走神,半天才和同桌的人相对讪讪一笑。如若有自家男人,她们就把嘴唇紧闭,敛起双手,满脸肃穆,任由一旁的小伢揪头发抓脸蛋喊姆妈,她们菩萨样端坐,不管凡间事了。

满院小伢,懂事的晓得自己是受了迁怒,就闭起嘴,猫腰躲到桌下,头碰头手抵手地讲小话;不懂事的贪玩也钻进去,施展拳脚,桌下边乱起来,咋舌声四起。

"哪个讲的?哪个讲的嘛?"王婆子没想到有这一遭,但她有的是把死人说活的本事,于是板正一张熊脸,叉腰骂开了。

"哪个八妈养的乱讲话,乱污人女伢清白?一个大男将,学婆娘嚼舌根,要不要脸?我正告诉你,人家是坐船落了水,我劝她把湿衣服脱了吧,便脱了。这样的天气,难为你们跑来看我屋里笑话!"

四下都不出声了。却不是因为王婆子一番话,而是因为昨晚赤身跑来的丫头走进堂屋来了。

炖煮已久的老日,老眼昏花的阳光,正好照在她面上,登时,眉眼间亮堂如镜。谁再给她一照,就像猛然见了自己多天未梳洗的脸,赧然闪避。

院里静了半晌,院里两株桂树瑟瑟抖着焦黄的叶。

再看,那丫头身上只穿着素色单衣,挽袖光足,大大方方穿过走廊,下到院中缸边掬水漱口。

他们又说:"怎么给一个姑娘伢穿得这样少!说到底算不上亲舅母,晓得是哪一房的亲戚?小小年纪投奔了她!"有人嫌二姑娘轻慢,说:"怎生得不怕人,对着一屋一院的人,还这样大方,不知丑!"又说:"半天一句话不讲,怕不是个哑巴!"

人群中有个年轻人,他是少见地开了智,开的却不是地方。他就是李长生,名字是他一双短命父母对他的唯一寄托,刚刚在男人堆里发话的人便是他。

前日替王婆婆抄对联,他就歇在茶房,因昨夜睡得早而错过了那光景,心里很不忿地:他妈妈的,过不了眼瘾还不能图个嘴上痛快吗?于是猫在人堆里,捏着嗓子阴阳怪气——"若当真如此,还怕人说不成?都敢光身子见人,怎么还在乎人前人后议论?该她的。"

李长生是个读过书的人,却不能以此过活,只能在乡里替人打杂跑腿,修炼得一套油滑肚肠,一副包浆皮囊。可一看那张猫儿脸,他也赧然,他也像多日未梳洗而今日照了镜,两颊发烧,晕头转向,偏又拣了个靠院墙的座儿,离水缸就一伸腿的距离。

青年像害了重病,像狐狸喝了烧酒,痴痴傻傻,浑浑噩噩,心说:我怎不是那缸水,我怎不是她身上那件裙,再不济,当她脸上的一颗痣,既污了她,又成了她。

他觍着脸,把脖子伸出一腿的距离,眼睛却不敢直看她,说:"你冷不冷?光着脚,地上凉。"

此刻他宁要回去扇自己一个嘴巴,怎么胡乱污人清白!他摸索自己心口,像揣着从哪儿偷来的一个东西,一不留神会自己跑回去。

二姑娘不讲话,也不看他,她拿袖口擦擦嘴巴。

她的便宜舅母笑起来:"声音干巴巴的,年轻人!火气大哩!给她备了棉袄子、花裙子,人不要!"

"你过早不曾?……"

他话一出口,同桌的男人都笑起来,眉来眼去,以手肘相碰。

"长生,你上赶着要给老高家当外甥女婿?"一个黑瘦如鱼干,凸嘴瘌痢头的中年人吆喝道。他斜睨长生,搔着一处精光的头皮,说话时嘴里似乎总哑吧着一股贪馋。这人是后厨打杂的之一,平日里颇为样貌自得,尤其为那一张凸嘴——王婆子看得再紧,他也照样能从厨房里顺东西,全是嘴的功劳。

"年轻伢,让他们耍嘛。"另一个中年人粗声说,自白胖深邃的腹腔深处送出个腥膻的油嗝,多毛的嘴边镶有一圈亮晶晶的油边。

他是后厨掌勺的大师傅,是高家豢养的一匹家兽。对内,近荤灶台,混得腹饱,以雷霆手段防范家贼,虫鼠忌惮;对外敛爪牙,猫念佛,常拿高家物什做布施,因而无人不夸其敦厚仁慈似弥勒。

凸嘴头顶的瘌痢就是他用饭勺揍出来的,不过倒不是因他小偷小摸、以腮走私之事败露,而是因为他偷看了大师傅与一年轻寡妇的"好事",又在乡里添油加醋大肆宣扬。那家人找上门来,小寡妇头发打散了,衣服也扯烂了,泥一样给人强押在店门口。王婆子自然不认,也不许大师傅露脸,嘴上功夫一分不让,气得那家人发毒誓不再踏进酒楼半步。翌日,小寡妇投了江。大师傅呼天抢地,抽抽搭搭,抢起饭勺把凸嘴打得头破血流,哭爹喊娘。两人在后院缠斗了一阵,王婆子领着一众伙计白看热闹。再过几日,消沉劲儿过了,大师傅仍在店里掌勺,凸嘴也仍在后厨打下手,只不过头上多了块瘌痢,算是破了相。

长生脸涨红，浑身发热："这些粗人乱讲话！怕是会叫人女伢害羞！"

没想二姑娘一摆头，说："你吃完了？座儿让给我！"

有人说："原来不是哑巴！"长生才确信她开了口，脑门直冒汗。她大方得叫人怕！她绝不是她舅母手里一个可以拿捏的东西，没见过哪个女子有她这样胆大！

"馨馨！莫乱跑！这么大，一点不知羞么！一个女伢，不好在外边丢人现眼呀！"王婆子拉起她的手，脸上赔笑。

没想到这丫头半痴半傻，这样多的人前来造势，她也不怕，初来乍到就与男人搭话，不知从小受的是怎样的家教。王婆子在心里犯嘀咕，若她真是发疯呢？这么多人看着，都觉得这女伢不大正常，就不好再怪她这做舅母的丧良心。而后，把人关到后院柴房，锁死，这事就过去了。想到这里，她又高兴起来。

是该……不要叫她再到堂屋里来。说这话的人没得多少附和，不知是新鲜劲儿过去了，还是各顾各讲话不带她。她把头掉转到桌下，做出被妨碍的模样，对着自家或别家小孩说："好好玩，不要干祸呀！"

王婆子仿佛受了启发。

"大器！你不要苫坐，带你老表去后厨，下碗面吃！"她说。

二姑娘望向长生。后者想当然地以为她不舍，心里头突然悲愤起来。

"你识字吗？……这里只有我认字。"

他顾不上自己的身份，像赌坊里红了眼的人，只顾堆摞筹码,礼信全然忘却了。

"你识字吗?"

"是,我识字,你想学吗?"

名叫大器的黑汉子,在他老娘的指使下,拧着二姑娘手腕往前拖。女伢一路跟跟跄跄,频频回头。长生几乎要流泪,笃定她心里有他,只是二人过的都是寄人篱下的日子,凡事不能自主,如何能奢望……

远去的一双光足,步步踩在他心尖上,踏得血肉模糊。

二姑娘随着大器到了后厨。木讷的汉子给她下了一碗清汤寡水的素面,连筷子一同捧到她面前。

她接过面碗,就地蹲下,木筷赶着面条往嘴里送,一口接一口,牙齿切割,咬肌耸动,嘴中食物尚未囫囵吞下,下一轮嚼动又迫不及待开始。她饿得久了,饿得忘记饿的滋味,此时饿才被唤醒,如吵瞌睡的小鬼,催得她面部近乎狰狞,吃相生猛。

大器愕然垂手。见她吃完,把筷碗放到灶台边,面色稍缓,像一壶滚水静下来。

她看也不看这名义上的表兄,兀自就往外走。

"你要上哪儿去?"

女子来路不明,行为不可预判。大器惧着滚水的余热,缩手缩脚地观望,而又后知后觉想转过来:小小的一个丫头片子,又不是洪水猛兽,杀只鸡都会扑腾,女人的细脖子,捏在手里就软下去,她有什么好怕?

他抢在她出门前用石墙样的身躯拦住她。

二姑娘折回去,再转身,半空中画一道冷而硬的亮弧,直劈下去。

九　江那头

外边天阴着，黑着，像蒸笼盖。

一出校门，我被人揪住头发。

"姐，你莫闹了！"梁凯哀求。

"放开，好痛，好痛。"我去抓那手，生怕自己成个癞痢。

"是你推的梁凯？你把他推到江里去了？是不是？"梁诗玲浑身橘焰，口气烟熏火燎，漆面如灶鬼，质问我，"你还打人！你好大胆子！"

"我没打人！"

"你再说！"

天地暑热，笼屉滚烫，她似心焦食客，拨乱我满头松针乱发，头颅如出笼肉包，两手轮流倒换，恨不得一口啃下。

蝇群围拢，鸣声嗡嗡。

"姐……走吧，人都看着……"

"你看梁凯没有爹也没有妈，就欺负他是吗？你娘老子是这样教你的？"

"我没有！"

"还敢跟我犟嘴。你妈也是,居委会好大的官,来管我家闲事,她算什么东西?你屋里做的那些事,以为没有人记得?我还记得!"

一句话说不出,头发掅不出,灵魂却已走出——蕈菇脑袋簇拥下,一个干瘦得辨不出性别的小伢如提线木偶般上下摇晃,似头顶有个技法不得要领的木偶师;满脸烧红,四肢五官焦枯,如虫足扭曲。

人人都晓得是她做了错事才被对方家长找上,人人都晓得犯错的小伢就是该打。

"松开!"父亲不知从哪冲出来,扭住了食客肆动的手。

我咕噜噜滚进泥水地里。梁凯踏上一脚,借力直扑过去。

"莫动我姐!"

"邹成斌!"灶鬼眼泪滚烫,溶蚀脸颊,"你们一屋里都欺负人是不是?"

"你总跟这种人扯上关系!"父亲拎起我,抖落尘土。

"哪种人?哪种人?"手背一揩,五官愈发歪斜,她作势拉过梁凯,掀开他上衣,"你不看看你教出来什么小伢?你的女伢,把我弟推到江里去了!害他得了病!荨麻疹!打吊瓶打五针!你晓不晓得?"

梁凯惊惶,紧掐上衣下摆,叠声叫姐。

"莫瞎说!"邹成斌偷觑人群。

"哪个瞎说?你当别个都不晓得,你一屋的是什么德行!"

父亲拉起我往人圈外走。

"敢做不敢认！你还是跟当年一个样！"

木偶师换了人，我脚不沾地飘浮在半空，同样飘浮的，还有江潮的脸。

父亲一路避开人群，磕磕绊绊，摔摔打打，突然回头冲我一笑。那笑比哭还难看，好像加工情绪的链条已完全损坏，随机产出一个假笑来应付。

"今天的物理课，没什么听不懂的吧？"

他的眼光透过我看得很远，好像在看另外一个人。

天开始下雨，我也下雨。

我说我要回去了。

云潮汹涌，江池腥浑，大批缺氧暴毙的鱼尸漫卷至天边，僵气浸染穹顶，鱼肚白，青鳞灰，涸血红。江那头蜃楼频现，轮廓勾连，飘忽如波光上的烛影。

"有一天你也要走的，到江对岸去，到城里去。"

"爷爷跟我一起吗？"

"爷爷去不了。"

"那我不去，我怕。"

爷爷还在时，常抱我看江。筒子楼阳台，盆景破烂花裤衩层层点缀，江景包浆如苍蝇馆里的一口老锅，饱食人间烟火气。江水亮闪如油，爆香一颗青稚日头，对岸高楼大厦似各式菜码，渡船滑入，烧至冒烟，水铲铿锵，烩作软烂入味的大锅菜。

老人教我看："那是运煤的，那是运人的……"

我只顾眼馋，从来分不清。

父亲带我进城时，码头已荒废。一个发了家的阔亲戚结婚，请客吃亢龙太子，坐一步三晃的老式公车去。母亲为了转移我的注意，一路哄我数树上的鸟窝，结果我还是吐着去吐着回。回来的路上父亲骂我："一条贱命！吃的好东西都吐了，享福都享不了！"

爷爷听了我的话，就说："那不去，等爷爷老得走不动了，还能看着你。"

某天夜里，父亲把我叫醒，面上笑着，喉头哽咽，说："爷爷走了。"

鱼头侧放在脸盆边沿上，鱼眼圆鼓，鱼嘴张合。

"我就是这么，"演示完，它扑通滑进水里，"这么等你回来的。"

脸盆搁在卧室窗台边的书桌上，高度正好够它视线。我路过时，见它在窗后探头探脑，尾巴摇出水花。

米粒撒在水面，它一颗接一颗啄食，肚腹眼见鼓胀，愁纹爬满鳃面。

"想什么？"我问。

"我吃多少都不觉得饱。"

"鱼好像是这样。"我想起儿时养死的金鱼。

"可我不是鱼。但我越来越觉得自己就是一条鱼，我忘了很多东西。"

"你担心……"

"我们要抓紧,"鱼嘴里冒出一连串气泡,它无声叹息,"赶在我彻底忘记之前。"

"故事讲完,你要回水里吗?"

"去对岸,去江那头。"

愁纹似水波,我们生活在同一个鱼缸。自由逡游的时日一去不复返,久而久之,退化为尾鳍萎缩、短视自满的盲鱼,过往鲸梦皆成戏语,浩海涸作枯水盆,黑暗泅游,咫尺浮沉。饵料蛆白从天而降,银鳞齐动,攒首争食,钓出万千怨嗔心。

林老师故意透露给我:周六镇上有活动。"你可别去,"她说,"他们看你是新老师才没叫你。"我说,我不去。

她态度古怪,似闻出腥的猫,要强作矜持。再见胡兴缠上我,她笑眼帮衬,更显猫相。胡兴与我前后脚进开水房,劈手抢过我手中水瓶。"小何,我来,你小心烫手。"我抓了个空,手摸在外衣下摆上,擦了又擦。灌完开水,水瓶递回,他不松手。

"小何老师,"不薄不厚的鱼唇张合,"我不晓得你是怎么想的……反正我屋里就我一个儿,我屋里在市区也有房,也有存款……"

见我没反应,鱼嘴兀自说下去。

"莲山,我看你们组都是女老师,估计学校也不太重视语文,你要是不愿意教书,以后就在屋里……"

"胡老师,杯子。"

他撒开手。拔出萝卜带出泥,水杯上残余鱼的湿腻。

"胡老师,你跟何老师又在说什么悄悄话?"林老师嘻嘻笑道,猫步轻盈,"打扰你们了?马上,我接完水就走。"

龙头哗哗出水,沉默漫涨。

学校池塘里的仔鱼三年一收,老师却无毕业一说——教书不可怕,学生也不可怕,把生活过成算术题叫我害怕。每送走一批学生,余生中就有一个数字"3"被划去,未来成了塘边枯等的一个余数,初入校园是一,完成分科是二,高考冲刺的整除……熬到鱼眼昏花,才偶尔从仔鱼鳞辉中,重拾不属于小池塘的鲸豚幻梦。

我后知后觉,锉断鲜红甲片的那日,我已拔去自身鳞甲。

我外婆常说的一句话叫作"家丑不可外扬"。"丑事"的范围,同我奶奶的清晨禁语一般,内容泛而广。

例如我父母吵架,母亲带我回了娘家。"又是冒雨,又是摸黑,"老太太不满道,"人一看,都晓得你在屋里受了气,连夜带小伢回。"

"哪个看?大半夜的。"

"本来就不是什么大事,"外婆站在桌边,一手把着碗,一手扯出掖在裤子里的衣摆,"夫妻伙哪有不干祸的呢?被个不经事的小辈说了几句,你气性就上来了。过去几多年了,成斌正着不也是跟你过日子,钱照给,饭照吃,搭伙过日子不就这回事吗?"

"莫说了……坐下吃饭。"

"你莫在乎外人说什么……过好你自己的日子,把小伢照顾好。"外婆嘟囔,绕着饭桌旋了一圈,从我碗前夹菜。

"你坐下来拈菜!看你站着吃饭,累人!"

"再莫在外头说,说你屋里过得怎样,'家丑不可外扬',不晓得吗?"

外公不说话,自顾自往黑洞的口里扒饭。咽饭间隙,老人以三根手指抓起炸得焦枯的鱼干,塞进嘴里重重咀嚼,酥烂的骨肉在假牙间咯吱发响,剩半截鱼尾在唇边瑟缩、弹跳。

"你要好好照顾小伢,把成绩搞上去,"老太太瞥我一眼,"你看莉莉姐姐,初中再不济也冇考这样的成绩。"

"哪能跟莉莉比,她读书像是为我读!算了,不指望一屋里跟着她享福,她自个以后饿不死就行。"

口风一转,母亲又跟老太太站到统一战线上去了,反正饭桌上总有个人要挨骂。

母亲娘家的家族树阴盛阳衰,外婆生了两个女儿,两个女儿也生了两个女儿,如叠生的复叶,虽性别成了不变量,长辈的偏爱也并非无的放矢。母亲的姐姐,家中的大女儿,抽条匆忙,枝头寒碜,因而倍受老人牵挂——也正因有了大女儿的前车之鉴,外婆竭力避免二女儿离婚,步其后尘。莉莉是自幼由二老抚养长大的"三女儿",是唯一中用的新枝,几年前考上了省外的大学。我是挣不脱家族树牵绕的藤本植物,越长越看不出与母树的关联。

是不是抱错了呢?还是他们消极怠工,新叶复制陈叶,越到后边越粗糙,弄出我这样一团野莽?按他们的期望,再不济也应该是李文溪那样葱碧的小伢。

母亲盼我能跟李文溪样的"好小伢"交往,沾点灵光劲,好像我是沾了仙尘便可得道的鸡犬。为此,她还特地把人请到外婆家里做客。

一进门,就见母亲拘着手脚,佝在厅里,对面端坐一大一小两个李文溪。

我刚在院里的水龙头下冲过凉,板寸精湿,水珠肆流。

母亲朝大号李文溪讪讪一笑,后者冲我和善地点点头。

"阿姨好。"我说。

"邹易,你多向人家李文溪学习,人家成绩又好,又文静,不像你,哪有个女伢儿样。"

小号李文溪瓷支在藤椅里,娃娃脸上的笑像是画上去的。

"我家丫头就是太文静,总想着学习,我倒是希望她玩一会。"大号李文溪说着普通话,没一点儿口音,"既然邹易回来了,让她们小孩子自己出去玩会吧。"

"你还敢放小伢出去玩!"母亲脱口而出,又说,"莫走远了,就在屋门口,邹易,听到没有?看着要变天了——小伢总有那么多的话说,唉。"

正要走,母亲又说:"跟阿姨说谢谢了吗?你伞还没还给人家!"

我一怔。

大号李文溪笑容依旧,小号李文溪亲热地挎上我的手臂,说:"阿姨,不要紧,改天让邹易带到学校去。"

出门后,李文溪便甩开手臂,抹去笑意。

"谁借你的伞?我怎么不记得我借过?回去我妈又要怪我保管不好东西。"

"对不起。"

"你爸妈吵架了?"

"你怎么知道?"

"没吵架的女人会带小伢回娘家?"

她说,她家住在附近,娘俩儿只是路过,硬被我母亲拉进屋里。

外婆家在菱角湾,出了社区大门,过了迎宾酒店,围墙尽头的水泥台阶以下就是码头。

云幔低垂,印出对岸空中楼阁的花色剪影,天光湿霉,水色灰冷,江边无人垂钓。几艘废船如饿殍浮尸,漆皮剥落,骨架嶙峋,曝于码头近水平面。

饶是渔业不兴,渔船仍拖着病躯奔波糊口。近岸船骸多半是下货的趸船,码头兴盛期的遗留产物,其中一具还写有"江城海事"几个红底白字,颇具警示意味,催动抱恙中的渔舟强打精神,投身江水和时代的双重逆流。

水的年轮拨转,木的栈桥朽烂,钢铁的残躯遗世独立。江中的阴森古堡,住有一具口吐人言的骷髅,日夜蜷坐在甲板上用腐烂的腿骨钓鱼,饲着几只秃毛老鼠逗闷做伴。

我和李文溪坐在码头的水泥台阶上,有一搭没一搭地说话。

"你从谁那儿借的伞？哦，我知道了，男的借你的，你在谈朋友？"

"没有。"

"是梁凯？我看你俩玩得挺好。"

"不是梁凯，没有人。"我恨这个年纪的女伢脑子里装不进别的东西，"谁会看上梁凯？"

"不知道。要是没谈朋友，怎么不如实讲？"一双黑白分明的眼珠盯上我，"……是夏老师？"

热风浑浊，雷声如石碾，由远及近隆隆翻滚，赤白的雨点迎头砸下。

"不是，"我一怔，"当然不是！"

李文溪没事人一样别过头去，手掌覆在额前，抱怨道："这雨越下越大！都怪你要走这么远！"

回去后，母亲又在人前把我一通数落。一大一小两个李文溪道过别后携手离开了。

外婆从里屋走出："嘻！一屋里都傲气得很哩，个二婚的女的，端腔拿调做给谁看！"

母亲卸了劲，整个人矮在沙发里："要不是看她屋里女伢成绩好，要央着她教教邹易怎么开窍，哪个愿意攀这个关系！"

"在院里走进走出，见人招呼也不打，恨不得把下巴翘到天上去！"

大人们变脸像翻书，不晓得翻的是哪本书，也不晓得会翻到哪 页。

那段时间，我与母亲合睡在她少女时期的闺房里。某天夜里，似乎父亲打来了电话，没说几句就挂断了。"一句软话也不会说！"母亲说完，背过身去。我想安慰她，一张嘴只尝到咸而湿的空气。

从学生时期的奖状到新婚的喜字，母亲的前半生连缀成壁纸，铺饰旧屋，母树上绘满开花的希冀。我认识母亲时，她就是镇里的一个妇人，趿着鞋，头发半蓬，满口邻里家常——我忘了，她也年轻过，上过学，去过江那头。当我淌进母亲生命之河时，她前二十三年的光阴岁月已匆匆流过，不见藻荇，河床上只余泥沙痕迹。她几时变成"死珠子"？几时又变成"鱼眼睛"？

睡梦中，江那头霓虹闪烁，影影绰绰，看不分明，唯有一种笼统的氛围叫人欢喜。那里有我年轻的母亲，她还未叫柴米油盐捆住手脚，眼还清亮，心还有爱。她衣着鲜艳，腰身纤细，头发烫出大花，嘴唇搽成朱红，十指涂成碧绿，满脑无用的知识，满心无谓的空想。她在城里漫步，我在水中泅游，我们擦身而过，互不相识。

半夜我被人叫醒。眼前白晃晃一片，什么也看不清，眼皮关合，夹出几滴泪。

衣物飞来，将我兜脸罩住："穿衣服，回家。"回家？回去哪？门外，钢铁巨兽瞪着探照灯的眼睛，口鼻呼出白汽，咻咻喘息。两位老人合撑一把雨伞，静立在光柱和雨夜的夹缝间。我惶惶地望向母亲，她不作声，也不向前。

父亲冒雨下了车。

外婆抢在前边,把行李包袱交到父亲手里:"成斌啊,我们两个老货退了休,不中用了。你们还年轻,要好好过日子。"

父亲接连点头,像接过什么担子一样把包袱揽到肩上。

母亲牵我的手收紧了。

对岸霓虹如烟头,烫破夜幕,留下无数疮孔,连成一片密密麻麻不见底的黑。

十　邪祟

只听一声揪心拧肺的哭喊，蹲在大人脚边的小伢都拱起背来张望，险些掀翻饭桌。

"出了什么事？"王婆子攥着两只粗大的手掌，赤红脸循声找去——她刚在大师傅那一桌吃了些自酿的米酒。按理说，一个妇人不该大白天饮酒，但她泼辣惯了，如今白捡个闺女，愈发飘飘然。又见长生魂不守舍——小年轻肚子里的那些腌臜心思，她不晓得吗？她得把他看住了。

长生的心思兜兜转转，最后还是落在二姑娘身上，心思肮脏渺小，在瓷白的皮肉上搓着脚掌，无从下手。脑中，昨夜同屋跑堂小厮说的话在返潮："那腰，就这么一点。"以两掌扎出一个空心圆，重申道，"就这么一点。"屁话！黑咕隆咚！他们能看见什么！

长生愈发懊悔，也把自己的两手，大拇指对大拇指、中指碰中指，指尖相触地扎出一个空心圆，眼光直直地穿过去。

她怎么能叫别人看了身子，还像没事人一样出来现眼呢？他恨起来，好不知羞！她进了院子，就应该在腌菜缸上一头碰死!

灶房传来的哭叫像个白亮的耳光抽在长生脸上。他跳起来,和王婆子看了个对眼。

一时间这院里管事的人,看热闹的人,男的女的老的小的,一窝蜂拥过去。王婆在最前,长生在男人的第二梯队里,第三梯队混着妇孺,中间有小伢喊:"哎,踩我鞋!踩我鞋了!"听他这么喊,大家踩得更欢实了。乌压压的人群走过去,滚出一只光脚泥猴来。

还没赶到灶房门口,那来历不明的姑娘伢就捂住手臂,踉跄跑出来,沿路滴的都是黑红的血。

长生骇了一跳,奔上前去把住她。细细一看,上衣左边袖子扯掉半截,半尺长的伤口,白粉的皮肉外翻,突突冒血。

几个吃斋念佛的老婆子两眼一闭,歪歪斜斜往下跌,口里念着"阿弥陀佛"。几个年轻的妇人忙过去给撑住了,旋即见大器提着菜刀撵过来,骇得扔了婆子就跑。

小伢们怪叫起来。跑船的男人们也支吾着炸开了,声音倒大,愣是听不清一句话。

王婆子惊道:"大器!你拿着刀做什么!"

黑壮汉子闻言刹住脚,木着脸,望向手里的刀。

刀样的风杀到院里都哑了,不落忍地伏在门后,听院内声声抽泣。

长生八百年不换的黑棉褂穿到了二姑娘身上,她苍白单薄得像一层宣纸,长生怕她再哭就要融在原地。几个妇人围住她,都不敢妄动，好像她是一幅名贵字画，索性前后左右圈做方阵，护送她回屋，又差了几个灵醒伢去镇上请大夫。

那双眼珠，黑得像极夜，像深湖，像一切不可测的秘密本身。从这黑眼珠里滚落出的清泪，把长生的心哭痛了——他恨不得替她痛，替她留一道可怖的疤。他心头有过一个闪念：毒蛇的唾液也清澈，却比蛇身上斑斓的花纹更能害人。

长生在原地回味，跺脚又哈气，身上的热气也随她进了里屋，拐过黑洞洞的走廊，消失在转角。

大器呆望，嘴里嗫嚅道："不是我……"

混账！王婆子夺下刀，另一手抽在他炭黑的脸上，揍得黑汉子人都矮下去。

人群里的大师傅说："唉！那是我的刀！"

凸嘴眨闪两只接灰的大眼睛，嘟囔："还没进门就喊打喊杀，真要过日子，看高家怎么办。"

长生心头火起，又无处发作——这是人家家里的事，他一个外人怎么好插手。报官呢？乡长与王婆子关系好得很！愈想愈不对。若大器真的娶了她……不，不会有那一天。

他带她跑，跑得远远的……是了，带她跑吧。

夜里，王婆子坐在院中，敲胳膊捶腿，两棵黑瘦得不开花的桂树在她头顶勾连，蓬顶相触，浓情蜜意。

树也生得不检点，明儿就砍了去，她想。镇上的大夫，也不见得高明多少，白布一缠了事，银钱却花不少。乡里的大小嫂子巴巴地望着她掏钱，把房间围了个水泄不通。

入夜了，闲散人群才散去。

店里上下事宜都由她一个女将操持，王婆子决信不过旁人。那来路不明的野丫头，住在院里头天就出事，怕是不祥，不然她老婆子的心为什么跳得这样快呢？树影下边慢慢现出一张宽阔的木脸，她安抚着胸膛里的心慌，说道："我的儿，过来些。"

大器扑通跪在她膝前，大而空的牛眼睛里淌出眼泪。

他说："不是我动的手，是那女伢拿了刀，砍了她自己。我把刀抢到手里，她扯掉袖子，哭着跑出去了。"

"老娘就晓得！我儿一向是信得过的，她要害你！"王婆子惊道，同时蹬动一双小脚，蹬在她那没骨气的儿身上。

"你还算个男的！让一个小妮子在自家屋里刁是撮非！滚起来！"

两人冲进屋里，竹床空空，寻了一圈，未见人影。

二姑娘去哪了？

红砖围的土墙，顶镶碎瓷片，垫上长生的棉袢，拖来条凳垫脚，三两下翻过去。落到墙后，棉袢一揭，挂出几个跑絮的口子。

将棉袢搭在肩头，她心里很快活，觉得自己这身打扮像码头上靠气力吃饭的挑夫，得了空卸下挑棍，预备寻个地方歇脚。

老月生须，群星蒙尘，尚未被人间驯服的夜兽，张着吞噬万物的巨口。兽腹中的万物，无不经过墨舌舔舐，涎水淋漓，顿失原貌。记忆也遭夜兽刺舌梳刮，筋骨怠懒，眼前是曾经生活的镇子，抑或是别处，她瞧不出，也不在乎。她是死过一次的人。

沿水线盲走,浪语飞递,频频向她告密。江河神经遍布蛮地,水系触须无处不在,足以让她时刻掌握小虫落网前的飞行轨迹,和落网后的振翅挣动。

船只晃动,哄睡一点橘红渔灯,甲板上月影摇曳,水光灿烂,走近方才看清是漫地白鱼。漆黑的渔人,也被猎物同化,生出星星点点的银鳞。疲困中,捕食机制自行驱动,促使渔人翕动鼻管,在水汽中细细找寻。

他闻到不属于江河的鱼腥。

再往前走,江水把长生送到了她眼前。

唉。

他从一堆浸水的破烂家当中抬起头,介于男伢和男将间的一张面孔煞然亮堂。

老月觑着生须的圆腮,偷觑二人,将一张斯文书生脸看得轮廓茸茸又棱骨分明,一马平川又险恶崎岖,红了又青,青了又白。

画舫甲板如展板,摊开同面前女子一样来路不明的破烂家什,毛笔鱼竿,字画挑棍,古籍私账,锅铲碗筷,无一不湿,无一不破,如庸厨抠脏器,粘连破落,展示出半生糊涂——他既要抄书写对联,又要打码头讨生活;既想当圣贤,又要做泼皮,不上不下,不高不低。

"你不要动!我下跳板。"他大叫。

一江黑水上,长生头晕目眩,不晓得放跳板是为谁的性命保险。

她不要他放跳板。

她轻巧一跃,肩头棉袆油黑发亮,飘飞如蝙蝠翼展,震得船板和人心一齐打战。

"喏,我来还你棉袆。"

"这么晚,你一个人出来?冷不冷?手上的伤不要紧?"

"不要紧。你住这里?"

二姑娘在甲板上滴溜溜打转,找不到地方下脚。

长生面露赧色,一路踢踢踹踹,展品溃散,将原有的生活理出一条小道。

"前阵子落雨哩,这船……排水不太好,东西都沤烂了,得摆出来晒呢。"

"你说你会写字?你叫什么名儿?"

"李长生。"他就晓得她吃这套,女人都爱读书人,"李,木子李,长生……"

眼前的男子手舞如章,将寥寥几个字点疙瘩绘作佶屈聱牙的生僻古籍,如一曲冗长寡味的祭神舞,内容无关农耕狩猎,讲述的尽是才子佳人、风情逸事。二姑娘开口,打断了他长达千年的史诗演绎。

"我晓得,我识字。"

"你……你识字?好,那更好。"

识字好,不至于往后没话讲。只是,他看她并无闺房气的娇憨,不似久坐而手脚不协调的小女子。她的静,是鱼龙的小憩，是静水的暗流，伏击前的聚焦，叫他捉摸不透。

"你还没告诉我，你叫什么名儿。"

二姑娘不说话。

船檐下，她就地盘腿坐下，脚踝上有几道血印。身上还穿那件只有半边袖子的单衣，解下圈圈猩红的绷带，露出完好的手臂，不见伤口。

手臂上的伤口呢？那么长的一道口子！长生好似吃坏肚子，又似腹中钻进一条毒蛇，发狠地在脏器间啮咬，寒意一路盘到喉咙。

她故意叫他看见！她绝不是凡人！

他早该晓得，哪有人在这样湿冷的天里只穿一件单衣！一时间，原本旖旎的心思尽数褪色，灰败了，眼前无数狐魅花妖闪过——倩影或鬼影，巧笑嫣然或獠牙青面，偷人心肝或食人心肝。一部分的他，文人那一部分的他，尚存幻想：倘若她真的爱我呢？

"下雨了。"她说。

长生一抬手，针样的雨丝扎进掌心。他冲到破烂家什旁，又想起船舱的积水，搬出搬进纯属徒劳，索性坐回檐下。

船里也湿，船外也湿，唯一干燥的是檐下，地方不大，勉强够二人转身。长生把跑絮的棉褂盖在二姑娘膝上，不去追究褂子是怎样破的。他颓丧着脸，想自己独身一人，唯一体面的只有身上一套行头，唯一能落脚的地方就是一艘旧船，身边坐着唯一的一个不知是人是鬼。无数的唯一加起来也算不得一个富有。穷日子在脏水里沤着,即便身畔的是只鬼,也觉得可亲可爱了。

"你舅母管你叫馨馨,是小名?"

"不是。"二姑娘似是想起什么,表情有所松动,"不是我的名儿。"

"那你叫什么?"

无数雨丝从长毛的月亮上脱落,漫长的冬雨期就像是人们要与它同过一个闪亮的猫狗换毛季。

他正在想问的是——你是什么?可他不敢。一半假文人的心在雨夜里泡发了,泡烂了,像泄了芝麻馅的汤圆,生出无限污糟的感慨。

"我忘了。"

雨声倏地大了。他未听清,只说:"你坐进来点!别淋着!"

二姑娘照做,两人肩头碰在一起。

长生身子一僵,干笑说:"我这没什么可招呼你……"

他起码应该做做样子,起身翻翻那堆旧物。但曝在雨下的一摊一目了然。

没事。

长生隔着布料,从肩头感受到一份略高于自身的体温。他想到某年冬天,落在船舷上的一只鹁鸪。他手一张就捉住了,绿豆眼,尖尖嘴,小小的心跳和温热的体温透过细细绒毛传导进掌心,燃起一团生命的火。

有温度……总不会是蛇或者虫之类的东西。长生盼她多讲

111

些话。平日里女人家说话他不愿意听，现在他要诱着她说话。话少的女子自有几分美，但不可亲近、不好把握，他盼的是可以攥在手里的鹁鸪。

"这夜里，你舅母怕是会出来寻你。"

"那不是我舅母。"二姑娘转头瞋视他，离了他的肩，脸上有怒意。

"不是舅母，那你打哪里来？"

"我从水里来。"

"家住哪里？"

"水里。"

"水里怎么住人？不是拿我取笑吧？"

"不是住，我醒来，就在这水里。"

她费力解释的模样已经叫他心生怜爱，话的真假不重要，他早就知道她不是寻常人。

"那你昨日才到这岸上来？"

她点头，为他好转过来的脑壳感到欣慰。

一个姑娘家，独身到镇上来，她未免太小看了这世道！独身，意味出了事无人追究，幸而她遇见的是他。是他吗？长生后怕起来，她遇见的真是他吗？

"高大器，他做什么伤了你？"

她不作声，偏过头去，大半个脸融进夜里，只留一双比夜黑的眼睛，睫毛似燕尾，在眼梢雀跃。

"他还对你做了什么？"

"什么也没做。"她蹙起眉，急急地回道。长生萌生了说错话的自省，但转念一想，她那晚来是光着身子的！

"没有？那你来我这儿做什么？"

"还你棉褂。"她似乎听不出他话里有话，不晓得他怎样一下就恼了。

他仗着她无处可去，在嘴上逞威风。不光发邪火，话也问得莫名。

"还也还了，那我走吧。"二姑娘说。她站起身来，膝上的棉褂松垮地趴到地上。

"这么大的雨，你往哪里去？"

"去哪都行。"

眼见她就要走进这雨里了。

一个女伢家，夜里能去哪儿！他恨她不知好歹，最后服了软，想着自己毕竟是个男人，说："莫走了，这么大的雨！"

二姑娘脸不动，脊椎似蛇骨扭摆，重心移到身后，贴身的薄衣掐出优美的一道弧。长生知道她给留住了。

"不要走了，你明日想去哪，我陪你去……这乡里我熟得很……"他轻声细语地哄道。

长生想起那只鹁鸪。似乎也是这样的天气，那鸟扑棱棱扇动翅膀，震得他掌心发麻，从尖喙里呼出的一丁点热气叫他昏沉的脑壳化冰一样喀啦作响：这船上除它以外再没有其他活物了。

他心怀感激，把鹁鸪吃下肚去。

113

十一　别哭

周六当日，镇上的雪已融尽。

黄泥积水似铜镜，镜中穹顶粼粼，盘踞灰稠云龙，浮沉宝珠太阳，水底电线杆斜漂如水草，汽车慢蠕似河龟。

忽而成群白鱼游过，其后有三三两两的狗鱼追撵。

怪事。我心想，走近瞧那泥坑。水中狗鱼头阔而扁平，下颌突出，长嘴精准夹取猎物，轻而易举制住白鱼头尾，扼制挣扎的弹摆。一时间，泥沙暴窜，水泡翻涌，视野浑噩。

"滴——"斑马线另一侧红灯闪烁，催动行进的步伐，脚下止水滞流，风平浪静，可我分明闻到鱼血鱼腥。

变灯了。

是看错？低头又见满坑白鳞黑斑，灰鳍黄纹，赤红深碧，乱得散瞳。虎鲸漆上保护色，张开了待饲的大嘴。是做梦？肯定是做梦。镜面稍清，忽现几粒明黄鱼眼，聚光如通电钨丝，似鬼魅游走，隔着泥水窥视。

鱼息湿润，满腹潮腥。我浑身僵直，紧攥手中的购物袋。袋里装着日用品、零嘴饮料，还有一包鱼粮。又闻水下微响，鱼行骤止，扭头疾速下沉，显然已经物色到了新猎物。

绿灯开始跳闪。我俯下身去。

一条搁浅的白鱼，身形臃肿，尾鳍款摆，展露满腹鱼纹。狗鱼蜂拥而上，拉扯出长串锯齿状水波纹。

世界翻覆，万物颠倒。我跌入镜中。

"别动她。"我说。鱼语喧嚷，浊流激射。"别动她。"口中只吐出气泡。"她怀孕了。"

腥黏冰冷的鳍背横在身前，我费力挤入湿滑的包围圈，购物袋里的东西散落一地。五大三粗的狗鱼人语生疏，鱼嘴腥臭，半天不吐一字。近目的孔洞抽缩翕动，无声闻嗅，彼此交换眼神，判断我的种群血统。

白鱼半躺在地上，屈起灰尾，勾着圆滚滚的妇腰，撑平腹上鱼纹。

"有没有事？肚子，不要紧？"

迫近的鱼脸斑纹点点，鱼眼昏黄，獠牙森森，捕兽夹似的大嘴开开合合，演习着撕咬，模拟着扑杀。一条面容粗野的狗鱼，突然发狠啮上母鱼鱼鳍。

"莫动她！"一包鱼粮击中它，水中无数颗粒漂洒。"我叫你莫动她！"失控的情绪助我捡回乡音，重拾气力。我撬开鱼墙，挤身进去，母鱼的肚腹高高隆起，紧贴在身后，脊背顿时爬满冰凉。

漫天鱼粮中，狗鱼开始打喷嚏。

母鱼腹中似有鱼仔蠢动，脊骨处传来仔猫踩奶般的微弱力道，叫人悚然。

一头虎鲸冲入鱼群，冲我张开了巨大而黑洞的嘴。

两腮湿冷，我惊觉自己在流泪。

"别哭。"母鱼鱼嘴张合，平静而无声地说。

"别哭。"

离统考还有不到半个月，邱玉娇再次找上我。

"答案呢？"

"不要照抄。"

"晓得，用你讲？"

"别再来找我了。"

"想不到你能为梁凯做到这一步，我们都以为你是好学生。"

"我是为我自己。"

她冲我不耐烦地挥了挥手。

课前天降洪流，污浊的泥水罩头倾下，激发操场上的学生的顽劣心性，如闹海的三太子，一头扎进秽河中撒泼。

李文溪一早就告诉我们，二班有学生发水痘，下节课，他们班老师要借我们班学生上公开课。我匆匆赶回座位，才晓得"他们班老师"说的是邹成斌。

"同学们，把课本翻开第八十一页……今天讲光的折射……"

我找不到物理课本。

桌面上摊着半截草稿纸，如我此刻的脑子一般空白，十根指头爬进桌斗里摸索，恨不得手上多长出一双眼睛。

没有，没有课本。

又去翻书包，书包似活物，拉链张嘴吱呀怪叫，惊动周围人。一道火柴般的视线"哧"地擦过面颊，烧得我面红耳赤，眼里起雾。

那来自讲台的视线冷硬如铁线，把我扎了个对穿。

"光从空气斜射入水中或其他介质中时……"他嘴里在讲课，眼睛却已察觉到我的异样，并跳出来责骂我：蠢货！连本课本都保管不好！

我低下头，心里爬蚂蚁，讲课说什么都听不见。

"大家看到课后题，第一题很简单，不多说了，从第二题开始。邹易，你上来画一下课后的第二题。"

他故意的，他想看我出丑！我站起身来，闻嗅到记忆里泥塘的腥腐味。黑板上公式蟒涌，迷瘴重重，脑筋深陷思维沼泽，难以动弹。

"磨蹭什么？这是讲过的内容……"

"老师，对不起，我没找到课本。"

"找不到人借？周围同学呢？"

没有人动。

他把手里的课本递给我，我只看一眼——分明是我的书。

心头爬的蚂蚁全部死了，剩一片寂寥又干净的空白。

昏沉得有如儿时午睡醒后的天空，长梦铺卷，雨线灰黑。我每一步都踩在积水里，水花绽在脚边，水流蛇蠕脚趾缝间。胸腔正中凿开一个圆洞，风雨呼呼灌入，逡巡穿梭，像吹哨子

117

糖一样吹着我。

街面积水没过行人脚踝。零星几块垫脚砖头,铺作水道。我飞跑过去,一脚踢破,将水中的小路拦腰斩断。

我面颊冰凉,手脚发烫,全身是水,全世界都是水。不晓得是在跑步还是游泳。

"怎么?有书你也画不出?"

"苫站着干什么!这么简单的东西,光的折射图,你也不会画?上课教的东西都学到猪脑子里去了?"

我把课本摔在地上,跑出门去。

快跑!

他一时半会儿追不出来!快跑!

快跑!我往江边跑,我好快活,像喝醉酒,像发疯,像有火在我掏空的心口里烧,再不到水里去我就要烧死了。

江那头的建筑全然隐在雾中,水面把石滩割去一半,水天色调一致地无限铺陈开来。

我绕过围墙走下去。江水及膝。

雨幕下,涟漪套着涟漪,仿佛水下有无数的鱼在噘嘴呼吸——它们生着人脸,五官神色各异,姿态统一地嘟圆嘴唇,吸入或呼出浊气。

快回去,此处实在拥挤。

我不回去,我无处可去。我知道自己早晚会来这里,不过是时间问题。

浪头腥膻,水流粗粝,身心皆如浮萍,饱受摧撼。

江水已没过肩膀。

对岸蜃楼浮如波影，随风而动，眨眼间漂至眼前。眼瞳大如太阳，眼睫长若河川，映入城市街景，车水马龙，红男绿女。

风语如泣，潮涌奔袭，捕获满怀浪花。我眼前一黑，跌入水底。

我又回到记忆中胶粘的泥沼，周遭滞重似水泥，四肢悬空，搅拌不动。求生本能使我屏息，口鼻吐泡似蟹，手舞足蹈如蛙，视野尽失若盲鱼，四不像地胡乱扑腾。

死是怎么回事，长什么面目，我尚未猜透，无常的套索已经系上我的脚踝，勒紧，倒吊，高高抛起。

眼前是一片松花绿，摸不到底，无处借力，方向不明。洪流裹挟砂石，如多毛生角的畜生一路横冲直撞，将我拱得晕头转向，连翻几个跟头，脊背像被霰弹枪击中，炸出烟花般放射状的疼痛。

水并不似岸上时柔顺，它已然是放归山林的顽兽，此刻本性毕露，无所顾忌地龇牙炸蹶子，要置人于死地。

我紧咬后槽牙，腮边酸水疯狂上涌，肺部火辣地痛，鼻腔里呼出救命的空气——凝成晶莹的泡泡离我而去。

负荷运作的肺和气管灼热如火炭，挥发着生命的余热。

我开始呛水，腥冷的江水挤压出所剩无几的空气，也挤出我过剩的意识。我变成一个装水的容器，悬在水里，触不到底，也无法上浮。原来这不是充盈羊水的温暖子宫，而是噬人的湍流深潭。

死是什么？是在雨天踩碎一只蜗牛，躯壳破碎，柔软的内里涂在地上，被雨水冲走。

江水也预备对我做相同的事情：咬碎躯壳，分离出无用的灵魂，投入洪流。

"唉，你今天干了些什么？"

"买东西，逛街。"

"怎么穿件白衣服？"

"我不知道不能穿白衣服。"

"跟哪个一起？"

"同事。"

鱼缸冰冷，滞水静流。我叩响缸壁，玻璃窗后的人鱼眼圆瞪，头也不抬。

我在原地等了一会儿。

"你怎么还没走？——一张生脸。"

"等人。"

"等谁？你怎么就穿一件单衣裳？嘴都冻紫了。"

"和我一起来的……"

"她走了。"

"走了？"

"她早让家里人接走了。"

我茫然地咀嚼着他这句话，如何都咽不下。

"你也早点回去吧。"

"哦，谢谢。"我边咀嚼边说，肌肉牵动颊边的泪痕，痒且干。

同班的班主任一个电话打过来："小何，你在哪里？"他三言两语交代完事宜，挂断电话。

缸里又捞出两条仔鱼。

一对小孩，一前一后地走着。一个叫梁译晗，一个叫方琳，就是那晚被我捉到的自习逃课去操场散步的两人。梁译晗高瘦如白鹭，垂头不语，走路就只看路。方琳活泼似鹦鹉，一点也不怕人："小何老师，真巧，在这儿遇见你。"

"不巧，我特地赶过来的。"

"小何老师，你肚子饿不饿？"

"饿过了。"

"我肚子饿了，想吃学校对面那家烤鱼。"

"天也不早了，你们还是趁早回家吧。"

"那家烤鱼我们学校好多人都去吃过，都说好吃。小何老师，要是以后修了垃圾厂，就没这么好的鱼了。"

"你们还小，往后到了别处也有鱼吃。"

两个十五六的少年目光炯炯地望着我。

"去不了别处的人怎么办？"

我牙齿直打战，头也疼得厉害，偏偏离搭车的路口还有一段路。两个热血少年一头扎进寒风里，一边小声斗嘴一边疾步向前，尽全力压缩路程时间。

"老师，小何老师，你怎么走这么慢？"

"老师，你穿太少了，你是不是不舒服？"

我刚想开口，就直直栽倒在地。

两个小孩都吓了一跳，一前一后地跑过来。

我想起一件事，但来不及捕捉，眼前就黑下去。

一双温暖的手，细细小小，伸出来和我十指相扣。我睁开眼，江潮皓白的脸盘自泥雾中脱出，如初升新月，在水中熠熠发光。

她绕到我身后，两条鹅颈手臂自腋下环住腰身，托举起我，向上游去。

我像摊烂泥，没有骨骼也没有形状，像要化在水里。

出水一刻，世界大亮，江潮隔着水膜对我说："抓链子！抓链子！"

胡乱摸索中，一根冰冷如蟒的东西钻进手心，我骇得连连甩手，又反应过来那是条无生命的铁链，表面锈迹斑斑，有粗粝的颗粒感。

我两手攀住铁链，猴子一样把自己挂了上去。

江潮绕到我面前，一手把住链子，一手把贴在脸畔的湿发拨开，瞪圆了眼睛。

"你要干什么呀，邹易？你不要命吗？"

我惊魂未定，正欲开口，却又开始猛烈咳嗽，水从喉咙、鼻腔、耳朵眼里喷涌出来。

她给我拍背顺气，笑说："今天该有空去我家吧？"

我咳得说不出话，虚弱地点点头，心想：倒不如死了，没死成，又无处可去，还要收拾这残局。

手中的铁链是锚链，用于衔接船锚和船只。铁链另一头出露水面，拴着一艘破趸船。船体建筑有两层楼高，方正似老式金属糖盒，每层凿出几个小窟窿眼儿做窗。糖盒黝黑，补丁遍布，漆皮的青绿凋败枯干，个别地方装点上杂色色块——嵌在墙体上的错色木料、亮色钢板、搭在尾舷上的蓝色防水布……好似反复涂抹修补的画布。如是种种，共同拼凑出趸船中的弗兰克斯坦。

被雨水模糊的船顶线条如倒伏的兽脊，巨大的黑兽卧于江面，以其身躯投下的倒影笼罩住我们。

水面以上的空气出奇寒冷，我尽量把肩膀沉在水下。

江潮游到船边，解开绳梯，折返，在水面牵出一条悠悠长龙。尼龙绳性烈，满布毛刺，难以把握。一路缩手缩脚，强撑到船边，绊手绊脚地攀上甲板，晃眼一看，险些又跌进水里。

"你也来串门？"

说话的人邪笑鲜红，唇上嫩须丛生，染过血的手紧紧攥住我的校服衣领。

"哎呀，莫吓她。"

"许……你怎么在这里？"我被提拎到甲板上。

许哲笑嘻嘻地用肩头的毛巾将我迎面兜住，胡乱抹擦："你游过来的？水凉不凉？"

视觉被剥夺，我只闻到毛巾上沐浴液的清香和阴干的潮气——似乎不作汽油味了。他凑到我耳边说:"你要是跟别个讲了我在这里……你要晓得后果。"

"她不会跟别人讲的。"江潮说。

我抓下毛巾,裹在肩头,身体止不住地打摆子。

"起来,脚使劲,我带你去换衣服。"江潮又说,"老头,我带朋友回来玩了!"

没有回应。

一条过道贯穿船只建筑,咸腥的江风从中空的腔体穿过。

里屋很黑。那勉强称得上窗的小眼儿根本透不进光,要瞪大眼睛才能勉强看清这屋的全貌:两张床垫贴地靠墙摆放,爬着零星黑斑。其中一张几乎被衣物淹没了——那简直像衣服复合成的一个有头有尾的怪物,春天的汗衫、夏季的短袖、秋天的夹袢、冬季的棉袄,层层叠叠套嵌成庞大身躯,内衣毛巾一类绞在一起,仗着自体轻盈浮在表面,从躯干上漫溢出肢体。这一团衣物看不出性别也看不出年龄,无一不是褪色严重,拧巴如腌菜。

床垫中间横一张矮木几,摆着三四本没皮没脸的书。这还没有完,屋子角落里堆着几个缠绕绳缆的巨大金属零件。我实在认不出,问江潮,她只说是公家的东西。

我不能够想象江潮怎样在这里生活。

她怎么能从这一堆纤维疲软的衣物里出落起来,她可以是个水里的精怪也可以是个仙子,但她不该是个住在废船里的普通人,捡看不出年代的衣裳穿,睡在发霉长毛的床垫上,和一个上年纪的男人住在一起，一个房间……

"噢，刚刚叫你呢。"江潮说。

我才注意到门口站了人。

是细锁。江潮她叫的老头是细锁！是过去被说成是武疯子的细锁！我有一瞬间的晃神，再看，的确是那个在阀门厂门前捡破烂的细锁，依旧瘦高，斜眼，只是头发花白了，衣服更破，背也佝偻下去，高低肩地立着，圆规样突兀地支出一只细长的右腿——他以前腿脚也不便吗？我记不得了。

他笑了一下，几颗苞米样歪斜的牙从上嘴皮露出，像有人嫌他笑得不够大，给他嘴上生生拉开一道口。在我还轻信我奶奶话的时候，最怕他这样的脸。在阀门厂大院的小卖部门前，我被他吓哭过。手里一包没拆封的虾条掉到地上，他弯腰替我捡起来时，脸上也是这样的笑。我不敢伸手，只是哭。

我犹豫了一下，说："伯伯好。"

细锁早在十年前就看不出年纪了——那张蜡黄的鞋拔子脸没有多少余地留给岁月。人们对他的恶意揣测早已替他写满了，那个时代他还要遭受偏见的墨刑。

他好像尝试要说话。他会说话吗？我毫无印象，但他说话了。

他说："我认得你，你以往，住在阀门厂大院。"

细锁舞动着蛤蜊肉样肥厚的舌，水花喷溅，浑身都跟着攒劲，像要借力游遁，愈发像蛤蜊。话语含糊，口涎充沛，像嘴里含着糖，舌头兼顾不上说话和分泌口水，两件事都十得不成样。

我点头,没有办法把视线从他嘴上挪开。

门外,一个声音冷不丁地说:"她是邹成斌的女伢哩。"

越过细锁矮塌的肩,我看见许哲那张唯恐天下不乱的脸,漾在两人身后的江水里,嘴巴笑得翘翘的,像只狐狸。

船上有一个拾荒人,一个杀人犯,一个逃学的初中生,一个不上学的野伢。

细锁斜眼觑着我。眼眶里死掉的灰白色眼珠毫无生气地眨动,像女巫的水晶球,酝酿着一场风雨。

他叹了口气,说:"跟小伢没关系唡。"

我很快醒过来,发现自己在行进的出租车上,身上盖着一件运动外套。

"小何老师,你没事吧?坚持一会,我们马上就到医院了。"

"不用去医院,回去吧。"我挣扎着坐起身,"你们家里人肯定都等急了。"

"可是……"

"真没事,就是着了点凉,外加晚上没休息好。时间不早了,我还要赶回去喂鱼。梁译晗,这是你的外套?"

"老师,外套你穿去吧。"

"是啊,小何老师,你就穿一件单衣裳,怪不得着凉。梁译晗没事,他年轻,不怕冻。"

"我不要紧,你现在正是用功的时候,不能感冒。"我把外套递到前座,"快穿上。"

出租车就此转向,先后把二人送回了家。最后到一中大门口时,天已经黑了,东方飘散纸灰云,独挑一盏骷髅月。

快到家门口,听见路边树丛里窸窸窣窣有响动。再看,一楼卧室的纱窗破了个大洞。

我大吼一声,跳进绿化带里,踏矮了几棵树苗。地上闪亮着几星银鳞,一道拖曳的血迹。黑影不死心地拖行着到嘴的猎物,直到我向它扑去,它才奔逃飞窜,不见踪影。

天太黑,看不清伤情。我把鱼抓在手里,一手湿的不晓得是水还是血。

我边哭边找钥匙,好不容易拧开门,点了灯,就见鱼腹上一道深深的齿印。肚腹起伏,伤口突突冒血。入水后,鱼身严重仄歪,倒向一侧。我这才发现,过去的那只伤鳍在水泥地上磨烂了,再看不见成段的骨刺。

鱼血把水染红了。

我抱上水盆冲出门去。

它歪倒在水里,随着水盆颠簸,鱼嘴一张一合,说:"别哭。"

"别哭,别哭。"它呢喃,声音平静得好像没有痛楚。仰面朝上的那只鱼眼盈凸着梦幻的色彩。

"别哭!"就像江潮那晚对我说的一样。

十二　思凡

青莲寺有个尼姑叫常馨，年纪尚小，还未皈依，也无法号。村里人只道她是身子弱，只是在庙里带发修行，还是"常馨常馨"地叫她，没有人真的把她当尼姑。

常馨这天一推庙门，见地上放了一个软包袱，她扒开布只看了一眼，就叫起来。

"来人呐来人呐，这里有人丢了个小伢！"

小伢就是二姑娘。

二姑娘在常馨的背上长大了——很不响地，庙里的人有时都会忘了他们有这么一个小玩意儿。每日早课她也从不吵闹，小伢都渴睡，却都不似她。晨钟声里，诵经的人群嗡嗡作响，她就在苍蝇堆似的一众里呼呼大睡。庙堂里太阳光照得金灿灿的法器，映着她的睡颜，粉蘑菇样的小脸上平添了几分庄严，看过的人都说那幼伢的面容近乎佛的宝相，还说，经书里若说到合她心意的地方，她就在睡梦中露出微笑来。

庙里的老师父也说，这小伢兴许真的有佛缘。

听闻此言，青莲寺礼佛的香客愈发多，香火也更盛。常馨的日子仍过得如旧，只是背上的小伢越来越重，乃至后来，小伢能在庙里撒欢地跑，再不要她背了。

常馨双十的年纪，二姑娘就出落起来，二人关系还是好，还是睡一间房，一张床。

一天晚上，常馨摸摸索索地从床褥下翻出一张皱巴巴的纸条，交到二姑娘手里，说：

"这是当年捡你的时候，糅在包袱里的，上边写的肯定是你的名儿。我不识字，认不出，赶明儿去找个人问问。"

二姑娘把纸条拿到手里，粗略扫过一眼，突然发狠地将它撕个稀烂，牙齿也动用了，枯黄的纸片子咬在牙缝间，钝钝地切割。

常馨吓了一跳，硬生生地把纸屑从她唇齿间抠出来，字都糊了，嚼烂了，没法看。

"疯了！你还不晓得自个叫什么！"

二姑娘磨着后牙关，哂着舌头，啐出几口唾沫。她说："我不稀得！"

"混账！"常馨骂道，"你既然有名有姓，屋里人又怎么会平白无故丢下你？"

二姑娘不作声。常馨弯腰去捡地上的碎纸片，拢半天拈不起，干脆跪到地上去。

二姑娘晓得常馨是痛得弯不下腰，半大孩子的时候成天背着肉嘟嘟的幼伢满院跑，腰还未长押就先佝偻了。她于是也跪到地上去，两人头对头地拈地砖缝里的一点碎纸渣，拜堂一样，这个起来那个伏下,头碰触到一起,敲出"咚"的一响。

二姑娘"哇"地一叫,倒在地上。常馨骇了一跳,顾不得自己痛,连忙去掰她捂在头上的手。她作势把常馨一抱,挂在她身上不下来了。

"哎,放赖是不是?撞痛冇?"

"冇。"

常馨任她抱着,慢慢地说:"屋里要是遭了难,小伢留在屋里也是遭殃。你屋里人要是养得活,何必要送到庙里来?"

"馨姐,我错了。"她说。

"算了。"常馨叹气,又问,"你以后取个什么名儿呢?"

"我记得怎么写,就是不认得,我要自个儿把这两个字认出来。"

"你记得?"常馨问,很惊奇。

"记得,没什么难。"二姑娘找了个砖头块,就在地上写起来。

她唰唰几下,就把那纸条上的字还了原。

隔天常馨就去求老尼姑,说让二姑娘去上学吧,她灵醒得很,什么字她看一遍就会了。

老尼姑不信,叫她抄经,她就抄了,一字不差。

再过几天,常馨就给她张罗好纸笔,又给她梳好头,送到学堂里去了。

事后,常馨总是想到送二姑娘去上学的那天,想到她肩头两根黑且粗的麻花辫,想到她临出门,又折回来跟常馨许下一块放学路上买的麦芽糖。她想着想着，就又跪到庙堂大殿里，问那大大小小的漫天神佛：

"错的是我，我害的她？错的是她，她害的她自个儿？错的是书，不该送她去读书？错的是唱戏的柳姨，不该唱戏给她听？错的是哪个？是那个不讲脸的教书匠，那死的人怎么不是他？"

她像每一个进到这庙堂里来的虔诚妇人，合掌闭目，口中念念有词，话语的内容却与祝祷大相径庭。她说："我要那姓邹的受刀砍斧钺汤镬，蛇咬虫蛰鼠啮；我要他新婚当日浑身长疱疹，无颜面对美娇娘；我要地狱的阎罗烧好一锅热油，把姓邹的一家子拧在一起，炸油条一样炸得焦且酥……"

人都说常馨变了，二姑娘走了，把她的心也带走了。她腰疾愈重，跪也跪不得，每日在长明灯下枯坐，脸上也少见笑颜，人很快枯萎下去。她嫡亲的弟弟定了结亲的日子，要接她回屋里去，她不肯，又哭又骂又摔东西，说："亏你记得我，我尼姑还没当到头呢。你屋里缺人使唤，庙里也缺人使唤，你的情面能有菩萨大？"听得她弟弟面上红一阵白一阵，伸手要捉她。常馨操起一把剪刀，把自己的长头发齐颈绞了，掷到弟弟身上，万千青丝登时在空中偾张，章鱼一样伸出腕足来抓挠男人的口鼻，逼得他连连咳嗽，打起响亮的喷嚏。

庙里的老尼姑都对常馨的转变睁一只眼闭一只眼。当然也有好事的人劝，多半是劝常馨打起精神，多为家里人着想，尽早找个人过日子，劝着劝着就要帮她牵线说媒。常馨生得不难看，美不自知对于媒人是个便利，省却了讨价还价的空间。她通常也就装疯卖傻支吾过去。只有一回,一个在庙里带发修行的中年妇人,要把她说给自己住在江那头、五岁不到、说话且磕巴的外甥。还煞有介事地说,看常馨这模样是尘缘未了,即便待在庙里,佛也晓得她心不诚,不会给她福报的。如是催得紧了,常馨回道:

"您心倒是诚,想着庙里的碗筷也是开过光的,带回家去叫一屋人都跟着沾光。"

妇人面色一变,又缓和下来,很不知耻地回道:"你把我的心思摸得这么清楚,怪不得我一看你就觉得跟我是一家人。"

常馨为了躲清静,常去寺庙后山的池塘喂鱼。那塘是活水,有一条水道与外界河水相连,活水养活鱼,塘里的鱼生得活泼亲人,一见人影就凑到水面上摇尾乞食。二姑娘在的时候,二人也常偷些神龛上的供果花生喂鱼。常馨剥去花生壳,搓掉红皮,二姑娘就从她手心里挑花生仁,一面喂鱼一面喂自己也喂常馨。

十月份,花生刚下地就摆上供桌。常馨爱吃未炒熟的新鲜花生,尤其是那种一丁点儿小、干瘪发皱、口感甜糯的花生米。二姑娘就专挑瘪米填进她嘴里,那些颗粒饱满、模样周正的就拿去喂鱼。

她趴在池边的石栏上,把白花花脆生生的花生米往池里扔,鲤鱼一个个张大了嘴在她手下拥挤。她偶尔也往自己嘴里塞几颗,粉白的腮帮子一鼓一鼓,嚼得怠惰。

常馨说:"鱼是不知饱的,你要把它们喂成胖头鱼了。"

她通常会说:"弥勒也是胖的,胖才有福相。"

有一日她说:"鱼讲什么美丑胖瘦呢,人受这苦就行了。"

常馨觉察出不对了,就问:"怎么突然说这话?"

"没什么。"她急急地说。一把花生都抛进池里,鱼群翻涌间,她颊边似有水珠。

常馨想来,那时她已经上学多日,会认自己的名字了。

上学第一日,她买了麦芽糖回来,边用两根竹棍子绞着糖边抱怨:"我已经晓得自己叫什么了,以后还去么?"

"你叫什么?"

"汪晴。"

"汪晴,你就不想认我的名字吗?"

小小的女伢内心挣扎着,顾不上吃,麦芽糖稀稀拉拉地从竹棍上淌下来。常馨一边抢救糖一边笑问她,还有永归婆婆——她最喜欢你的,她的名字你认不认呢?

如是,二姑娘不消半月,就把庙里上上下下的名字法号都认全了。再往后,倒没说不去上课之类的话,常馨以为她从中得了趣,不再过问。

她不问,她也不说,两人间什么话都少了。从什么时候开始?常馨想,是开始上学那一天,是喂鱼那天,还是镇上接春唱戏那天?她像在乱绒线堆里找绣花针,一双手摸不分明,非要扎到了才觉得痛。

那么,是唱戏那天?常馨细细地想,细细地在回忆的绒线堆里摸。她浴着月影,走到池塘边,鱼都睡了,鳞色也暗淡了,想来是没有花生吃的缘故。

唱戏那天？唱什么戏？唱的是《思凡》，戏不好。接春的人那样多，她们二人在人堆里几乎站不住脚，人一挤，脾气也挤坏了。一开始笑着骂戏班，后来逮一个骂一个，见了她俩，就说，唱什么《思凡》，把尼姑的心也撩拨动了。看，这不是青莲寺的尼姑？你俩也要做"色空"？

常馨垂下头，不愿多是非，只恨一时走不脱。耳边却听见有人说："当色空有什么不好？我宁愿做色空。"

周遭静了一晌，一个童稚的声音在人群里响亮："姆妈，色空是什么？"

常馨牵二姑娘的手暗暗使劲，疼得她叫起来。

"馨姐，做什么？你捏痛我了。"

有人慢慢会过意，古怪地笑起来："哈！小尼姑思春！一天到黑脑壳里想这样的东西，青莲寺烧的什么香、拜的什么佛？"

二姑娘正准备还嘴，扭头见常馨面色不好，才晓得她恼了。两人就此沉默，污言秽语却无止无息。

一阵白色旋风从戏台后卷出来，脸上还画着半边油彩，她骂道："呸，一群男将欺负小姑娘伢，臭不讲脸！"

众人都被震住了。趁这个空当，常馨拉住二姑娘，从人堆里拔出脚，跑了。

当晚两人就大吵了一架。二姑娘哭花了脸，质问道："恨人就不可耻，喊打喊杀也不可耻，说要喜欢、爱人就可耻？是爱有错，还是我有错？"

常馨惶惶地说:"不是那样。"

色空又有什么错?她要爱人,要人爱她,你们都说是她错,只因为她说出了你们的心里话!

常馨将手指探到水下,惊扰睡梦中的鱼,它们只简单颤动几下,漾不起一丝波纹。面对一池死水,常馨又回想起她那时的脸——气呼呼地抱着铺盖说要去睡佛堂时倔强的小脸,粉得依旧。

只是不和我亲了。常馨思来想去,是书把她教坏的么?人都说,万般皆下品,唯有读书高,书怎会有错呢?是她轻信了,学痴了,把书上那一套原封不动地搬到现实里用,行不通就耍起小伢脾气,以为各个都要与她为敌,只有姓邹的懂她。可是,小小年纪懂什么情呀爱呀,姓邹的掉过脸就把她忘了,是她把自己葬送掉了。

现今已入秋,池水寒凉,常馨把整个手掌都浸到水中,摸着睡在月亮里的鱼。

她投江的时候是什么时节?常馨记不得了。她养在庙里,长在庙里,从小到大没有吃过大苦头,怎么受得住滔滔水流的摧折?庙里差人去寻她,寻不见,拿回来一只破布鞋交差。谁稀得要?

她从怀里把布鞋掏出来——已经洗净了,初到她手里时攒了不少泥沙,她费了些工夫才把它恢复原样。鞋面的式样是柳姨给的,常馨照着样子一针一线地缝了几个日夜,赶在她生辰前夜完工了。

她将布鞋置于池面，撒开手，不消一会儿，这水中的白色孤舟就漂漂悠悠地沉了底。

"二女伢，你冷不冷？"她问。

泪眼中，常馨看见池底一张粉脸，褪去血色，转为青白。

她越看越真切，甚至听见水底下细微的声音在说："馨姐，我好冷。"

再听，离池面越近，声音也越近。常馨将大半个身子都探过石栏，问："二女伢，是你吗？"

"常馨师父。"突然有人叫这一声。

她险些栽进池里，手忙脚乱地将水里的圆月都拍散了，一时间满池金鳞翻腾，光影摇曳。常馨在鱼群簇拥下挣起身，喘息间，发现一个人悄无声息地立在她身后。

"常馨师父，我来找你，他们说你在这里。"那人说。慢慢地在月影下现出一张粉脸来。

她有一刹那的恍惚，随即发现是柳姨，是接春那天在台上替她们解围的女人。二姑娘走后，常馨再没见过她。柳姨今日脸上没画油彩，倒叫常馨陌生了。她们见面的回数并不多，且每回都有二姑娘在场，二人也没什么机会说话，这算头一遭。

"柳姨，找我什么事？"

妇人支支吾吾，说想要那只从江边捡回来的布鞋。

常馨很惊异，问："要那东西作什么用？"

他们说死在江里的人，魂没地收，拿那布鞋招魂，可以接她回来。

妇人急急地说，眼睛却不敢看她，又说："常馨，你在庙里这么些年，这些事你应该比我懂……"

"柳姨，你跟二女伢非亲非故，接回来做什么？"常馨心里隐约有了答案，很悲哀地，见到和汪晴相似的那张粉脸上有了日月风沙侵蚀的痕迹。

"我听说邻村有个男伢，也是玩水死的，我想……跟晴晴做个伴呢？"

常馨的脸冷下去："你把她当什么？姓邹的不要她，你就要把她许给别的男人？"

"我不是那个意思。"她讨饶地偷眼看常馨，又迅速垂下头，"我是怕，怕她一个人寂寞。她要是真的跟着这鞋呢，你要是以后成了家，她就是孤零零一个人了。"

"你只是为自己心里过得去，鞋在塘里，你去捡吧。"

常馨走了。柳姨呆呆地立在原地，池塘的水面已经平复，鱼又入睡了。

接春登台那天，她一看二姑娘，就晓得是自己的女伢，跟她年轻时一个样，鼻子眼睛分毫不差，性子也像她——只怕太像她。她候在汪晴上学放学的路上，只为远远看一眼：那模样是自己的，长手长脚属于另一个人，一个戏台上的武生，一个劫数。

有一天，汪晴把自己送到她跟前。她竟畏缩了，直到那小小的女伢从衣帽箱间穿过，问到她脸上。

"柳姨，我能叫你柳姨吗？"

"柳姨,你们戏班真好,只作脂粉味,那庙里的线香熏得我嗓子痛。"

"柳姨,你说,色空有错吗?她想爱人,有错吗?为什么他们说尼姑下山是件丑事?"

"柳姨,你是演色空的,你怎么会不晓得呢?"

"我宁愿当色空。"

……

汪晴再来,粉脸上因某种隐秘的欢喜,沾染上了别样的血色。手里把着柳姨给的半块港饼,半天吃不进嘴里,笑得痴了。

她晓得坏了,再三盘问,从那肉厚的小嘴里吐出三个字:

"邹先生。"

她在石栏后来回走了几趟,又四下张望,终于还是翻过去,下了水。

她站在齐腰的水里摸索,从近岸一直摸到水塘中心,手脚都麻木,仍旧一无所获。

往后,常馨每次去后山,都看见柳姨半个身子泡在水里,手伸到水底去摸索。塘里的鱼似乎也厌弃她,故意在她手边将池水搅浑,干扰她视线。如此反复,柳姨便学乖了,每回都带上些碎糕点渣,撒在池边,等鱼群聚集,她就抓紧下到另一边找鞋。

别的人不晓得她要干什么,也跑去池边看热闹。看到她蓬头垢面、半疯的模样,忍不住问:"你在湖里找什么?""找鞋。""什么鞋?"她不答。又问,"怎么不叫庙里帮忙,把这池水抽干?鱼,鱼怎么办?鱼是她喂大的。"她说。

天气逐渐转凉,她仍旧风雨无阻地日夜泡在水里。常馨不忍,却无从劝她。

说来也怪,小小的一口池塘,劳她日夜无休地寻找,早就应该翻了个底朝天,然而那只布鞋却始终不见踪影。常馨心想,不是说塘里有一条水道跟外边的河相连吗?说不定,早就被水流冲到河里去了。

立冬前晚落了一夜的雨。早斋过完,常馨被分派到殿前扫除积水,永归婆婆跛着残足,慢慢踱到她跟前来。

"我昨夜听见后山有人唱曲儿,唱了一夜,可见那柳姓女子确实是疯了么。"

常馨抬起头,"今早没声气了?"

没听见响儿了。永归婆婆想了一想,又说:"我听闻她得了痨病,是唱不得戏的。"

常馨踌躇着,永归婆婆把笤帚从她手里抢了过去。

"去看一眼吧,"她说,"都是苦命的女人。"

连夜淫雨,池水上涨,常馨远远地就看见池中央出露着一颗面色青白的人头,黑发有如藻荇在水中漂摇,口里还在咿咿呀呀地小声唱:"夜深沉,独自卧,起来时,独自坐。有谁人,孤凄似我?似这等,削发缘何……"

常馨悚然,踉踉跄跄地奔过去。就见那人头缓缓转动,黑发下的一双眼似乎瞧见了她,曲音还未停,从水下伸出一只白胳膊,手里紧攥着一只素色布鞋。

布鞋在常馨面前一闪而过，旋即随那人头、白胳膊一同缓缓下沉。直至池水完全没过，声音也就止住了。

庙里差人下水去捞，一无所获。小小的一口池塘里，柳姨竟同布鞋一起遗失了。自那以后，池边多了一座女娃相貌的泥胎。

常馨皈依了，法号归常。永归婆婆操刀，把她齐颈的短发也削去，秃头刮得白了又白。

几年后，邹家的妇人领着小伢深夜进了庙门，说孩子久睡不醒，怕是被什么东西魇住了。永归婆婆是时还健在，操持了一场法事。常馨候在佛堂，小伢就睡在她旁边，一张粉脸映得金灿灿的。

常馨试着把她叫醒，她便醒了。

带她去池边喂鱼，拜那女娃娃的泥胎，也拜了。

邹家的妇人远远地跟在两人身后，神色惶惶地合起掌，向一片黑暗的虚空拜了又拜。

常馨回头望望妇人，又看看眼前睡眼惺忪的小伢。小伢也学她的样子，回头望望她的娘，又看看常馨。

"闲来无事就来庙里玩吧。"

"好。"邹家的女伢冲她傻乎乎一笑。

一张小脸，粉得依旧。

十三　梦魇

我端着水盆，一路哭到宠物医院。一个护士，神色古怪地接过水盆，暂时给鱼止住了血。

兴许是疼得狠了，盆里的喜头鱼全程一言不发。

护士简单处理完伤口，让我坐在一边等叫号，由医生来做余下更细致的处理工作。

我坐在一对母子身旁。小孩六七岁，穿得勉强算整洁，手里抱一个鱼缸，缸里浮一条腹背生了白斑的红金鱼。见我坐过来，他探过头问："这是什么鱼？是你养的？我的鱼几时能长到这么大？"

"这是鲫鱼。"我说。

做母亲的顶着一头梳成小辫的黄发——黄得不如小孩的一身衣服洁净。她先是看我盆里的喜头鱼，又看我，问："养这样的鱼，还要看医生？"

我没有力气同她拌嘴。又见她快马收缰一样地把儿子勒回去，说："那鱼又老又丑，哪里比得上我们屋里的那一缸！"

我没有表情地看着盆里的鱼，鱼也默不作声地瞪着眼看我，尾巴轻拍水面。

"黄女士在吗？黄倩女士？"护士在叫号。

我迟钝了几秒，盆里的喜头鱼率先反应过来，它奋力地扭动鱼尾，试图重复过去在卧室窗台上的动作：将头侧放在水盆边沿上。但失败了。它重重地跌回盆里，激起的水花打湿了我的衣领。我连忙按住它，发现鱼腹上处理好的伤口又撕裂了，开始渗血。

这动静把母子两人都吓了一跳。被叫到名字的女人扭过脸，嗔怪地白了我一眼，拖着怀抱鱼缸的小男孩进了医生办公室。

"是她。"鱼又平复下来，"她还长那样。"

"原来真的有黄倩这个人。"

"什么意思？你原来一直不信我的话吗？"

"我信，但我今天才确信。"我说，"故事是真的，和故事的发展持续至今，这是两码事。"

"我不懂。"鱼有些不高兴。

"我们在同一条河里，这么说你明白吗？"

护士叫号叫到我了。我端着水盆往办公室里冲，差点迎面撞上黄倩。

"妈的，你没长眼睛？"她骂道。

水盆里的喜头鄙薄地看着她。

不晓得哪来的一股邪火，直烧上头顶。我也鄙薄地，寻衅一般地直望进她眼里，一字一句地说："黄倩，邹易让我给你带个好。"

"你到这船上来，好歹要招呼你一餐饭呢。"许哲右手臂上挂着一串塑胶凳，另一手操起折叠桌，搬至过道。

细锁一瘸一拐地端出一个铁皮蒸屉，蒸屉里是红彤彤黄澄澄的几只蟹。许哲忙从他手里接过来，三步并两步地摔到桌上，通红的手指头忙去找耳朵。

细锁细长的身子挪动到桌边，别着屁股去瞄准座椅，嘟囔："这蟹子，还没熟……就捞上来了，可怜哩。"

许哲不去刻意搀他，只用膀子衬他一下，就在他身边的马扎上坐下了。

江潮消失了一会，又捧着个缺口的小瓷碗回来，里面搁了醋。

"今天不是星期六，你怎么在外头？小伢不上学？"许哲郑重地问，以示自己和这两个住在船上不晓得年日的野人不同——二流子的嘴脸又显露出来。"还是说，你逃学出来的？梁凯还说你是好学生呢。"

"我是跑出来的。"我瞥一眼江潮。她正卸下一只蟹脚，预备往醋里蘸。

"逃学？逃学好，狗屁书，有什么好读的呢。"他一边笑嘻嘻地说，一边咬牙切齿地啃着条蟹钳，"读书好又怎样？读了圣贤书也未必会做人！"

他话里有话，听得另两人的五官都站不稳脚。

细锁皮革样皱巴巴的手掰下一个蟹斗，递到我面前，说：

143

"吃……吃……"

"我一见你,就知道你是我家里人。"

饭桌上又静一晌,熟红的蟹讷讷地直望我。

许哲脸色古怪,古怪似蟹,两只凸眼左瞧右看,不够用似的。

"你长得和你妈很像,"我说,"她叫什么名字?"

"这桌上蟹子怕是不够吃……"细锁惶惶地支起身子要逃,打翻了醋碗。

"汪晴。"江潮一发话,他又颓然地垮坐下来,隔着桌上一扇酸液,从细细的眼缝里看我。他兴许恨我,也恨螃蟹。他恨它太小,恨它堵不住每个人的嘴,乃至于吃蟹的动作也狂乱了。右手指腹间爆苞米一样噼啪作响,脸上五官都跟着使劲。响过之后,黑白的蟹肉填到唇间,嘴皮连带牙关一齐歪斜张合。

"汪晴,"我点点头,"好名字。"

"你都晓得?你怎么晓得?"许哲问。

"邹易,你是几月份的?"

"六月。"

"我是九月!中秋前一天,老头说我嘴馋,赶着出来吃月饼!"

"只差三个月?"

"你比我大,那我叫你姐姐吧?"

我点头。

"这些年,你们都住在船上?日子怎么过的呢?"许哲问。

细锁吧唧嘴的声响突然停下来，丝丝蟹肉粘在他唇边，白胡子样。

十年前细锁还在阀门厂拾荒——在我的记忆里，他几乎是厂区的一缕幽魂。阀门厂作为楚洲最早的一批重工企业之一，晚景尤为凄凉，大批工人下岗，厂房拆迁，如是两年，一切皆化作废墟。在筒子楼过的最后一年，年关，我曾见细锁穿一件絮絮挂挂的灰蓝色工服，牵一长柄铁锤，拖一蛇皮口袋，像具骷髅架子制成的风铃，飘游在房屋废墟上。

"我原本是给公家看船……汪晴生了伢，两个人，总要吃要穿吧……想着原来在阀门厂有点路子……"吐息间，白胡子给他吹得上下起伏，"没得法子……去砸点钢筋，捡点旧零件……结果有些小伢要来抢，我抢不赢，腿也被打残了。"

大锤起落，人骨风铃摇颤，金石铿锵。

"可怜她娘俩……跟着我受苦……汪晴走了，江潮只那么小一点，扎个独辫，跟在我后边，扯着喉咙哭，说要她妈，没有办法……"

见无人吃蟹，细锁又喃喃："不多说了。吃啊，吃啊……蟹子还没太熟，味倒还好……"

当晚船外水声大噪，雨丝穿梭，将我与江潮两根起点相同、却本应永无交集的命线编织入夜，绞缠进身下发霉的床垫。

"我睡不着。"

"我也睡不着。"

"江潮，汪晴她……"

"她在江里，在我们脚底下。第一回，她跳下去，被老头救上船，生了我。第二回，在夜里，谁也没惊动。"

雨点敲着甲板，敲着铁皮屋的屋檐，敲着江面，敲击声汇成杂质纷繁的洪流，冲垮木门，将我们二人淹没。

"邹易。"

"嗯？"

"老头说他在这里看船，可这么多年过去，栈桥烂了，没得人修，也没有人要用船，也没有人偷零件，要不是还有只小木船，老头怎么出去呢？他们把他关在这上面等死吗？"

"兴许事情太多，他们忘记了。"

我们漂在黑暗中，声音的水流在耳畔汹涌。

"是的，外边的人多，事情也多。老头不太愿意出门了，他怕吓到别人。"

"你怎么出门？游出去吗？"

"嗯，冬天摇木船。"

"是谁教你游泳的？"

"没有人教哇。我自己学的，逼着自己学的。先在水盆里练憋气，后来扑通跳下水去，急得老头在船上吱哇乱叫。但我脚踩水，能浮起来，就会了。"

"江潮，一听名字就晓得你识水性。谁给你取的名儿？"

"我自己。"

我愕然。她为自己命名！

"为什么叫这个名儿？"

"因为汪晴死在水里,我想跟她一起。"她又说,"在我给自己起名前,细锁管我叫小杂种。"

"什么?"

"别个说那是骂人的话,但是他就那样叫我,笑着叫。他待我不坏。"

水中没有亚当,她就是她自己。

医生指了指那只血肉模糊的断鳍——"这一段恐怕要通过手术剪除,自然脱落的可能性不大,还有感染的风险。"

"那它痛不痛呢?"

"会用麻药的,"医生细细打量我,"你们年轻女伢养的东西我越来越看不懂了。"

"断鳍还会长吗?"

"会的,不过没有原装的好看。"

喜头鱼可怜巴巴地觑着我,像所有面临分离的小孩一样。

"别怕,"我说,"医生说会好的。"

手术等待期间,我接到了林老师打来的电话。

"你今天……"

"嗯。"

"你怎么……"她停顿了一下,语气又转好,"小何,别个好声好气劝你,你莫要分不清好歹。管你学生还是老师,学校不会差你个把的!"

"我今天就是去逛了会儿街,林老师,哪个管我逛街呢。"

"小何，你不要不信人说，我不会害你呀。"

"林老师，谢谢你，我还有事，先挂了。"

第二天我发起了高烧。鱼安睡在我床边，住所从水盆换成了红色塑料桶，桶内搅入了消炎镇静的药粉，水色浑浊如热汗淋漓的长梦。

我们彼此无话。

房内无灯，唯有电脑屏幕莹蓝闪烁。冷色睡魔从累牍文稿中满溢出来，爬上床榻，畅通无阻地侵入我的病体，沿途水迹濡濡，斑痕青绿。

一屋的笑脸，男女老少，看不出各人模样。

"新媳妇！欢迎欢迎！新媳妇！欢迎欢迎！"

"谁是新媳妇？"

"新媳妇就是你呀！"

"怎么会是我？"

"金戒指都戴了，怎么不是你？"

垂脸一看，分明十指光秃。稀里糊涂落了座，身旁的男人五官模糊，脸上不带笑地说："你不晓得学着添饭吗？"

我闻言起身，一头扎进厨房。

饭碗添圆，依次排开，白米泛绿，腐气阴阴。红色塑料桌布，蓝青玻璃垫板，桌面正中摆一鱼形白瓷盘，盘中喜头鱼鲜活，鱼尾扑棱。瓷盘尺寸正好，鱼身严丝合缝，量身定制的棺材，体面至极的葬礼，尸体却不甘死去。

众人上座。

"新媳妇！吃啊吃啊！吃啊吃啊！新媳妇！"

一双老手，为盘中活鱼撒上葱段姜丝。

"妈，今天不吃斋吧？"

"今天正是日子，不要紧，跟菩萨借一天就是。"

一只小手，牵起半截伤鳍。

"鱼正新鲜，是不是？"

"是！一个月前钓的，钓了一个月，不容易！还叫鱼嘴巴上的钩子挂破了手……"

一截手指，老金戒指的伤口。

"流好多血吧，男伢的血比较金贵哩。"

"是呢，鱼血几不值钱！"

说话声停止。饭桌上只听闻碗筷响，好像众人要通过这纤小的工具，合力捣碎、分食这一大块沉默。

盘中骨架粉红。活鱼肢解成碎肉，在齿缝生腥，喉头滑颤，腹中弹跳。

金光闪过，鱼肉布施碗中，暴踔如蜥蜴断尾。

循着布肉的筷子望过去，脸上不带笑的男人催促我："吃，吃，快吃。"在他身前，碗中鱼头侧倚，鱼眼睨视我。

"吃，快吃。"不笑的男人催促。

"吃，快吃。"一桌人都催促。

"吃，快吃。"碗中鱼头也催促。

鱼肉入口即啐出，滴溜溜响在碗底，定睛一看，一枚老金戒指。

自此梦醒。

我头痛欲裂，瘫坐电脑前，久久打不出一字。我深知自己是天资平庸的创作者，更何况，这故事原本就不由我书写——它是从时间江河里舀起的一瓢水，文字是盛它的容器，我只是舀水的人。

我不想邹易觉得自己找错了人，不想我那粗陋的舀水器具浪费她的心血。

带着"勤能补拙"的奢望，我日夜翻看，修改文稿。文字如活鱼弹跳，笔画肢节盘缠，标点生足漫爬，似受水污霾害的混血异种，在病变疼痛中濒死挣扎，落作纸张上零星的胭脂红。

文水养怪鱼，灰鳞茁壮似愁云。浮沉瓮中，彼岸赤且青。

那天我起了个大早，江潮还未醒。

出门见许哲蹲坐在甲板上，面前有个脚盆，脚盆里支了个搓衣板，搓衣板上边是我的校服。

我从没见过男人洗衣服。"你还会洗衣服？"

他一听这话就笑起来。"稀奇？屋里衣服都是我洗——幸亏你穿的是校服，干得快。"

我也蹲下身。我们像两只圆滚的企鹅在交谈。

"梁凯还好吧？"

"嗯，就那样。"

"有没有人找他麻烦？"

"有。"

"是学校里的,还是校外的?"

"他说那人叫钟永斌。"

"他晓得挺多。"

"钟永斌找你做什么?"

"莫瞎打听。梁凯他还跟你说过什么?"

"还带我们去看了你的面包车。"

"车还在油库?"他停下洗涮的动作,"还有谁去看了?"

"还有江潮。"我犹豫地问,"校医,真是你杀的?"

"问这做什么,小小年纪?"他随手把肥皂沫抹到我鼻尖上。

"我想晓得,我觉得你是好人。"

"嗯,是我杀的。"

他微笑不语,唇边梨涡凶恶,潮水声声。那是我最后一次见许哲。不久后我从邻间碎语里得知,那校医过去在关下经营一家黑诊所,生意火爆。后来不知攀上了哪门亲戚,竟跟学校搭上线,摇身一变成了医务室校医。正说话时,人群里冒出两根羊角辫。咦,这是哪个屋里小伢?他们问。一个壮硕的妇人大声咒骂着冲过去,一手一只羊角辫,拔萝卜似的从花裙子堆里拔出一个小女伢。这事过后没几天,江边的迎宾小卖部就关门了,一家子人也不知去向,镇上人都很唏嘘,以为这代表了老街的彻底没落。

什么样的老子生什么样的儿。他们还说,老话错不了的,你看,过去我们这里不也是给他老子败坏的嘛。刹八块的儿子对我说的最后一句话是:"梁凯他姐身子不好,是我当年对不住

151

她,叫那小子替我好好照顾她。但你答应我,不能跟任何人说你在这儿见过我,梁凯也不行。"

下船后,我日夜心神不宁,梦中白布遍地,刀俎井然,冷如阴曹,腥如鱼市。我梦见自己的肚皮高高隆起,半透明似脓包,腹下鱼胎惊跳,鳍棘分明。

黑雾蒙蒙中现出一个人影,身着白袍,手执剔骨尖刀,沾满鳞片的眼镜大得滑稽,遮去整张脸。

人影时刻在变,又像校医,又像我父亲。

眼镜后的五官波诡云谲,面色红白骇人,像一摊剁细的肉糜,每秒都在消解、重组,变成不同男人的脸。有的脸熟悉,有的脸陌生,可没有一张是许哲的脸。

尖刀高扬,一路横劈竖砍,斩断物理电路,割下数学图形,切碎英文单词,剖开语文诗句,刀刃如滚石碾至眼前,直刺硕大鱼腹。

刀尖挑破脓疮,浊绿江水迸发,跃出半人半鱼、蹼手共生的怪胎,转瞬消遁于黑暗中。

人影杀兴未尽,四处张望,口中啧啧有声,好似唤狗。刀刃水光灿烂,悠游羊角辫丛,发绳似稻芒,悉数收割。

"死在阎王殿前由他,把那白来舂,锯来解,把磨来挨,放在油锅里去炸……"陌生的嗓音借由我的喉核发声,送出怨毒曲调。

人影充耳不闻,循水迹追至铁网一张,尖刀扫弦般拨出金属火花。鱼胎放声哭号,贴地狗窜,煞白的尖叫刺破夜晚,风声呼呼漏进来。人影奋起疾追,鱼胎乘风而起,两两相逐,似两颗皮球在网中隆隆弹动。

似笼中蛇鼠斗,看客兴致高涨,随手掷下打赏,黑圆刺球如骤雨滚落。路路通,味苦,性平,活血通络,利水消肿,可治关节痹痛、痉挛麻木、乳少闭经,孕妇慎用。路路通,无路通。

刀影穿梭,鱼胎低泣嘤嘤,咆哮不止。人影圆脸潮红,怪笑不断。

锈绿的铁网暴撑,经纬纷乱。

十四　交错

　　街头日夜鸣笛，红蓝灯交映，倦意青紫如幼蛙浮游众人眼下。

　　"上次这么受重视是什么时候？"坐在对面的林老师问道，手中红笔不停，杀伐果断地在练习册上驰骋，"水泥厂那回？"

　　"水泥厂那回没这么大阵仗。"李志远说。

　　"哦，这算头一回？"

　　"倒也不是，"李志远端起保温杯，响亮地啜了几口茶水，"汽渡码头那回不是也搞过？"

　　"哪回？汽渡码头——那也就住周边的人关注一下子，我记得粮管所的职工楼就在那边上。"

　　"怪不得城里人都说楚洲这乡下位置是'穷山恶水出刁民'。"李志远歪着大脑袋，用嘴去就杯子，狠咂了一口，"再往远了说——怕是隔几十年了，阀门厂当时不是还出过杀人案吗？我还是听屋里老一辈说的，正捉典型的时候，阀门厂的一个职工，手上差钱花，把他玩得好的一个生意人杀了。你说，就当时……不是往枪口上撞吗？"

　　"剁八块？"

"哦,好像是叫这个名字。小何,你怎么晓得?我还以为你不是镇上的人。"

"无意间听别人提起过。"

"今时不同往日,"林老师冷哼一声,说,"李老师,怎么不带你媳妇?"

"唉,我?我瞎晃,上街去看热闹。"李志远还是笑眯眯的,"结果啊,事实证明,热闹看不得!遇到熟人,闲侃嘛,苕坐一下午!楚洲拢共就巴掌大的位置,低头不见抬头见的,哪个不认得哪个?"

"哦,这也能遇到熟人招呼!"

"招呼倒是谈不上,都是扯野棉花!聊天嘛!一说我是一中的老师,人就说他的侄儿也在一中读书。后来再才晓得,他侄儿正在我班上,还是我的语文课代表。"

"镇上还来了些外人,搞得人怪不习惯。做事什么都不顾忌,他们娘老子跟小伢估计都在市内!这些人完成任务的积极性可比我们镇上人高多了。"

"过几天再看么样,估计是跑不了了。"李志远直叹气,转向我,"小何,你应该趁现在能走,赶紧往外头奔。我们这些老教师,拖家带口的,想走也走不了了。"

"这不是往外赶人吗?本来就没人愿意留在这个乡下位置,小伢读书也晓得要往外读。我们当老师的,把小伢送出去,自个只能在一中等死了。"林冷冷说道。

此话一出,整个办公室都安静了。我默不作声地看向桌面上一只干瘪的苹果——是圣诞节那天学生送我的。苹果蒂上贴了一张便利贴，用英文花体字写着"圣诞快乐"。送来时，学生催促："快吃，小何老师，这是从外头搞进来的，学校不准我们过洋节！"

我舍不得吃，一直放着，放到苹果蔫下去。

喜头鱼肚腹上的伤口已好得差不多，只是行动不如以往灵便，游动卡顿如故障发条玩具，并歪向一边，不过它不太在意。

"楚洲一点也没变。"

"什么？"我从文稿中抬起头。

"留不住人。"

"有些古怪……我说不上来。"鼠标光标奔窜，如获至宝地啃去键盘产出的几个新鲜字卵，"镇上的水泥厂曾经出过什么事？"

"粉尘爆炸，"鱼说，"〇几年的时候吧，具体时间记不大清。只记得爆炸过后，有将近半个月的时间，镇上人都不敢开窗，也不敢晾衣服，在外边路上走一会儿，头发林子里边都是黑色粉末。没过不久，水泥厂就被取缔了。"

"有人员伤亡吗？"

"那肯定有，我记得梁凯他爸还因为这事回来过，估计有他爸那边的亲戚。"

电脑黑屏，映射出一张痴鱼脸，蘸满朦胧思绪，纵横愁波倦痕。

夜里无风，天穹高挂死珠月，密发病变鳞云。气温骤降，我包裹严实如速冻肉粽，准时出现在女寝楼下，匆匆地在值勤排班表上打了钩。

学生寝室条件简陋，夏热冬冷，间歇性停水停电，同学校行政楼一比完全是两个地界，被学生们戏称为"一中贫民窟"。高一年级主管新官上任，要求实行"封闭式"管理，强制学生住校，小孩们无不怨声载道。班主任何老师常动员我去做学生工作："小何，你年纪小，你说话他们愿意听，哪个学生时代不是这么过来的呢。"

到了熄灯的钟点，只有一楼寝管处点着亮，传来电视节目声响。男女寝室楼相对而立，楼间距近到足以叫晾衣绳上的衣物混色，也足以听清对面的走廊夜谈，关系泾渭分明又纠缠不清。

女寝足有六层楼高，窗台走廊铁丝网层层包裹似鸽笼，铁格间挂满衣物，颜色款式各异，最多的当然还是黑白校服，鸽羽的颜色。学生寝室一年一搬，高三的学生住最底层，无须爬楼，争分夺秒节省出学习时间。我带的班正读高一，住最高楼层。

打着手电慢步爬楼，一路鸽笼塞窣，没收拾完的学生在摸黑洗漱。九点半晚自习结束，拖堂拖到九点五十，十点半打铃熄灯，仅剩近半个小时时间洗漱。八人寝，匀到每人头上的时间只有五分钟。寝室如战场，洗衣冲澡洁面刷牙任务条条勾选，每夜准时上演闪电战。

也有鸽笼战士自视不敌，甘愿放弃中晚饭时间，回寝整理

157

收拾，打扫战壕。晚读前，常见有女生湿发进出，口中嚼着速食面包之类。

上到六楼，就见走廊上立着黑色人影，手机屏的蓝光一闪而过。

我咳嗽几声。黑影闻声一头扎进最近的寝室，我挨个数过去，确认是我们班的学生。

走到门口，我关掉了手电。

"没收拾完的同学抓点紧，不要耽误自己和其他人休息。"

"是小何老师呀。"一个女声说。鸽子们咕咕笑起来。

"小何老师，"一个黑影直立起来，吓了我一跳，"我有话想对你说。"

是方琳的声音，听起来情绪低落。

走廊上夜色漫流，看不清对面女孩的表情。

"老师，你去看看梁译晗，行不行？"鸽嗉惊颤，话里有湿意，"他好像出事了。"

"他不在学校吗？"

"他在导水河边。"

期末统考结束后，物理试卷泄题的事在镇里传遍了。没有人怀疑到我头上，因为我一个字也没抄。其余人就没有那么走运了，梁凯也不例外，他虽然只抄了个及格，但还是错得雷同——一切都得益于我抄答案时故意写错的几个数字。

"是你改了答案！"

158

"不晓得你在说什么。"

"就是你！不然还有哪个？"

"我说我听不懂你说什么！我要回去了。"我不想跟他讲话，脚步走得飞快，背包里笔盒叮当作响。

"你故意的！是你害我！"梁凯一路紧跟。

"我要回屋了，你莫跟着我！"

"你唬哪个啊，邹易？这是你回屋的方向？你屋住菱角湾吗？我告诉你，要是邱玉娇来找我麻烦，你也有得好日子过！除了老子，有得人愿意跟你玩！你现在这样对老子！等着，我不搞你两下我不姓梁！"梁凯猛揉在我肩头。

我扑倒在水泥路面上。一双脏球鞋走近，撩起泥水。

"我说了，不关我的事！"

"装！邹易，你还装！你晓不晓得，我考试进步是唯一能叫我姐高兴的事了？你要害我，我就叫你晓得后果！"

"你考了你姐就信？那她就是猪脑壳！"

梁凯一愣，没料想我会回嘴，但在小伢堆里锻炼出的反应力已让回骂成为本能，咒骂时刻挂在他嘴边，用时就捡现成的。

"婊子养的！你骂哪个？再给老子说一遍！"

"我说你姐是刁妇，你是臭虫，许哲是打流都混不出名堂的弯管子！"我驾轻就熟地使用镇上流行的语言体系，一边跳起身，一拳捣上他的鼻子。梁凯"哎哟"一声，我另一手再补一拳，把镜片捶个稀烂。

"邹易！你敢打我？"梁凯捂着脸蹲下身去，眼泪鼻血一齐横流。

梁凯有个著名的沙鼻子，稍微一碰就出血，这也是他讨人厌的毛病之一。有次班主任只是罚他站，还没来得及做什么，他鼻血就流下来，全班人都紧张得要死，梁凯却咧着红艳艳的一张嘴笑起来。

我掸了掸身上泥沙，扭头就走。

街上人各走各的，没谁注意我当街打人。再说了，初中伢打架算不得大事，就算有人看见，转个身也就忘了——这么想着，我仍走得不放心，频频回头，时刻提防梁凯还手。

不知何时，梁凯身边多了人，也不帮他止鼻血，反而又赏他几下，拳脚不知轻重。那人生得不善，垂眼无眉，下颚高耸如鲛鳒，青皮少毛劳改头，和许哲差不多岁数，块头有梁凯的四个还大。身边站一个黄毛青年，是欧阳。

那人揍梁凯就像打一条狗，揍得梁凯在街面翻滚如俎上活鱼。

我撒腿就跑。江潮在六拐幺四油库后的石头滩等我。

"看这天，又要下雨了。"她接过课本和文具，很宝贝地裹上两层黑色塑料袋，抱在怀里，"都给我了，你自己不用吗？"

"我还有。你要是哪里看不懂，就问我。"

"好。"她欢欢喜喜地点头。

"许哲还在你那儿？他准备怎么办呢？总不可能在船上躲一辈子吧？"

"出什么事了？"

"钟永斌已经找到关下来了，我才看见……"我犹豫着，

"如果真找到船上去了，你跟细锁怎么办？"

"你放心，我心里有数。"

我不放心。我的心跳脱如蟾，斑纹不祥，无处安放。思绪聒噪如蚊蚋，剿杀不尽。我一路蛙行回到外婆家——下船后，我一直住在那里。老太太很体恤地，在我父母面前做样子，用蒲扇样的手掌拍打我，"在外面玩一天不落屋！像什么样子！你玩昏头了！我今天就要替你娘教训你！"她不问我那晚睡在哪里。

老太太从破搪瓷盆的小花园小菜地里抬起头，手里把着一绺青碧的小葱，说："莉莉姐姐放暑假也要回来哩。"

我现在住的是表姐的房。母亲的房间在连天的大雨中漏成水帘洞，各式脸盆、水缸放满了，连夜叮叮咚。表姐她是从小长在这里的，她要是回来，我自然就没有地方睡了。

"等姐姐回了，让爹爹烧鱼给你们吃。"老太太说。

没一会儿，听见堂屋里电话响，老太太应声而动，一连串轻快的小步子敲到电话机旁去。刚接电话，她叫起来："打架？跟哪个打架？我就晓得，她哪有一点女伢样子！"

我当即知道是在说我，抬头就见外公一声不响地背手站在门口。

老头在这个家里一向是很寡言的，像是在他们那个什么都金贵的年代，他把讲话的份额也分给了外婆。他只是站着，也不讲话，从沟壑纵横的眼窝里深深打量我，有点旧时候不问寻常家事的家长，出了大事要摆一下威风的意思。

老太太的声音像街头麦芽糖拔糖丝一样，倏地拔高了："你这小货！她才在你娘这里待了几天，就是我惯坏的？你们怎么当的娘老子？莉莉不是在我这里长大的？人家怎么考到外地去上大学？那也是我惯出来的？"

"邹易，出来！"老太太气得身板都抻高了，不然声音怎么会那么嘹亮。

老头也找到出口，说："叫你怎么不应声？你有没有教养？"

"来了，来了。"我灰溜溜跑出去。老太太一手把着话筒，一手往跟前一指，要我站到那儿去，要我听电话或是方便揍我。

我挪到她跟前去，她要我听电话，我倒宁愿她揍我。

"喂……"

"邹易！我跟你说过什么？你从来不长记性！我是不是跟你说过，莫招惹梁凯？你长本事！你打人！你跟哪个学的？一天到晚在外边，跟些不三不四的人鬼混！"

梁凯肯定是把挨的打都记到我头上了！他真正应该找的是钟永斌他妈，再让钟永斌他妈打给他。

"邹易？你听没听？你哭什么？是不是他欺负你？是不是他姐姐欺负你？你跟屋里讲啊，你跟我讲啊……"我妈在电话那头哭起来。她说我哭，我真吸起鼻子来，眼泪都流到电话筒的洞眼里去了。

"哎呀，哭，现在倒想起来要哭。"老太太正准备把听筒抢救过去。

听筒那头换了人。

"哭什么，不是你先动的手？"

十五 寒夜

"回来了?"

"还得出去一会,马上回来。"

"要小心。"

"好。"

门外夜如止水,流速缓慢,灯影似波光。

班主任何老师在电话里说:"小何,你莫慌,他办了走读,自个出的学校,这事怎么也怪不到老师头上。"

方琳说:"导水河河势凶险,鱼龙混杂,纵使梁译晗水性再好,恐怕也难以泅渡。"又说:"老师,怎么办呢?我原本就不放心,现在还打不通他电话!"

我说:"我去找他。"

后视镜中,出租车漆皮嫩黄乳白,灯眼困懒,似凫水幼鸭。司机寡言,一听目的地直摆手:"莫过去!翻了塘!""不去不行。"我说。于是幼鸭强打精神,一路喊喊恰恰,鱼海溯流,万千灯盏如珠月沉浮。

幼鸭在陶家大湾路口歇脚。

我爬下鸭蹼，嗅到阵阵潮腥。水下万物扭曲，鱼缸造景塑料房屋，人工冷色光源，点缀香樟水草，模范的水族社区。金鱼三两逡游，面目空洞，颜色艳得生邪，凸眼和头瘤都似化工污染的病变产物。

金鱼视线缥缈如蛛网，粘到身上，越聚越多。

我脚步未停。

平行河岸线拖一条白色警示带，如展品般圈出水中的钢铁残骸，立柱焦黑，轮桨残破，工业心脏已停搏，污染因子侵染土地，死气却尚未消散，盘旋着陈年悬案的孤影。循着警示带，一直找寻到断口处，河岸边的空地上，鱼影如蛆虫扎了团。

江鲇黄绿，白鱼银灰，热火朝天地烩作一锅。几道光刃毫无章法地胡乱劈砍，创下流线形新伤，一经撤去，黑夜便疾速愈合，留下鳞状亮疤。夜色浓黑，正中江鲇下怀——它们常匿于深水底层，怕光喜暗，习惯了昼伏夜出。白鱼节节败退，然而声势不减，无不是鳍尾怒张，鱼头高昂。江鲇裂口大笑，圆鼓着视觉退化的小眼，支叉两根油须，弧形大颚似弯镰，收割下丛丛银鳞白花，皮肉赤草。

浮月漫血，层云挂腥。江鲇圆滚似蟒，白鱼灵动似浪，大蛇蠢涌，波涛翻扑，二者在碰撞中跌破形状，挤榨汁水，搅作混味雪糕。

"梁译晗！"声音被恐惧的流沙淹没，如耳畔低语。

趁还能走……我强作镇定，双手紧揣，视线再次深入鱼群挑拣。

黑水湍急，江鲇急扑，屡屡冒头，满口密齿如红烛，又如混入雪糕中的新鲜莓果。白鱼彻底沦为背景，筋骨尽失，化作奶油。

"梁——译——晗！"

鱼潮汹涌中，一个黑魆魆的人头似老椰浮沉。光刃贴面劈闪，少年湿漉漉的脸在鱼群中一闪而过。成串气泡似蚊蚋飞扑，叫声凄厉如产妇临盆，怨毒如朝天赌咒，悠远若古寺晨钟，飘游夜穹，经久不散。

我无暇多想，一头扎进这浑水中。鱼体腥滑，鳍刺尖突，寸步难行，少年人的身影彻底被淹没。

我再叫他的名字，只呼出一个幽蓝的气泡。

光刃再次深入夜池梦沼，左舀右拌如调味汤匙，从困体里捞起一具伏地皮囊——他身后，是一张巨口，一个弹动的球状发光器，一头深海鮟鱇！

那有别于淡水鱼的怪模样，丑得凶邪诡异，皱如番瓜的无鳞厚皮，密被的绒毛状细刺，无限撑大的肉食性下颚，状如怪手的胸鳍，出挑的发光饵球……种种特征表明，这绝非人工河的物产，绝非鱼粮虾藻饲大的顺民。

我突破鱼腥雪糕的重围，扑身向前。

"小何老师。"少年人大吃一惊。

鮟鱇翕动鼻管，黑洞的嘴送出阵阵腥臭，两排向内倒伏的尖椒牙爬满肉须，镶嵌鱼骨虾头等零件。

"我带他走。"我说。

鮟鱇笑满了鱼面。发光器游弋,靠近我的脸。强光下我盲了一瞬,但仍一手高举手机,竭力控制眨眼频率,尽量显得无畏。

光芒深处,一双鱼眼漆黑,似幽灵船上永不再亮的灯火。早衰的海洋腔体饱受化工毒害,释放出朵朵烟雾,形状如残菇,颜色如污河,闪烁着斑斓磷火。发光器游至腮边,一星橘红如香烟,照亮近乎垂直的口裂和漫溢的阔笑。

"我是一中的老师,这是我的学生。"我说。

鮟鱇鱼喷吐烟泡,发号施令。江鲇推推搡搡将白鱼残兵聚成一堆,围作草莓奶油夹心。

我见状揣回手,一边向梁译晗身边挪动,一边留意鱼群动向。

"你没事吧?"

"没事。"少年浑身遍布模糊血鳍印、波浪状伤痕,面上青紫嫣红。

"你放心,我带你回去。"

"我不回去。"他视线直穿过我,如鱼叉投向那深海巨怪。

什么?为什么?

鲸鸣遥遥响起,水下听不真切。白鱼残部躁动,翘首以盼,如被无形的鱼线牵引。鮟鱇闲游至一旁,吐息间烟球滚滚,发光器跃动如火苗。江鲇精神松懈,以长须相碰,大号泥鳅样三三两两滚作一团。

梁译晗突然抓住我的手。我一把捂住袖口,低声质问:"做什么?"

他一言不发,从我手心里抽出一把明黄色水果刀。

"你想干什么?"我小幅张望着,硬掰他的手。

少年一言不发,大喘着气,像有一阵风在他身体里呼呼地吹。

"梁译晗,你做什么?"

鲸鸣声越来越近。白鱼且怕且盼,面面相觑着——其群体年龄跨度之人,几乎囊括鱼类整个生命周期:斯文啄藻的仔鱼,青壮老练的成鱼,两眼昏花的老鱼。视野里气泡泛滥,鱼语混杂。我猛拽梁译晗衣角,好像在兔园牵着一条烈犬,不敢有丝毫松懈。又见江鲇恢复寻衅的流氓嘴脸,拱翻一条白鱼,气泡霎时间欢腾高涨,如泼妇骂街,事关对方家族秘史的种种细节滔滔倾泻,两边又缠斗起来。

就在这时,少年突然暴起,我五指收紧,抓了个空。

我眼睁睁看他撞向深海巨怪钙质饱满的尾脊,紧攥的手掌之外,露出一截明黄色刀柄。

忘记很简单,要记得却很难。就像背课文一样,背完你以为你记得,非要等考试考到的时候才晓得已经忘了。我现在就是这样。记忆于我是一摊死水,无论如何奋力搅动,水中的花草鱼虫仍接连死去,留下一片寂寥的宁静。

出事那天,卖地板的胖嫂到我外婆家串门,镶金戴玉地屈坐在藤椅沙发里,同老太太说闲话。

两人扯野棉花扯了一气，内容不外乎是说我那表姐如何争气，考上那大学如何如何好；胖嫂又说自家的小孩如何如何不听话，学不进去，期末考试作弊还叫人捉住了，让亲戚朋友家都看笑话。

"看我这记性！你前几天不是说怕你屋里小的放学路上不安全吗？上头马上就要差人检查了！一是街道，说拆迁房都要腾出来，不能再住人；二是严查卖黑油的，前些时钟份村那里烧了一个仓库，就是因为私人屯油；三是说江边那几个船，说怕是有什么安全隐患，我看也不安全，先前杀了人的流子哥说不定就躲在上边！"

我扔下手中报纸，冲回房间去换衣服。再出门，就被我父亲堵在门口。

"邹易，跟我回一趟学校。"

"不行。"

我父亲那张老脸上露出受伤的表情，但他很快又找回自己的角色定位。

"什么不行？"

"我有急事。"

"你有什么急事，还不能告诉你老子？"他说话的声气粗起来，牛眼睛圆瞪，显然已经摆脱了刚才的伤痛，并急于将受伤的面孔从我记忆里覆盖。

我不讲话了。这是外婆家，他总不好在别人屋里打我。

外公从里屋踱出来。

"成斌，来了也不事先打个招呼，进屋坐坐？"

"爸，学校有点急事。"他转向我，"你说你有什么事，我开车送你去。"他还要在外公面前演好慈父——你看，她本来就是要出门的。

老天的意志不容违抗。

"有人说是你去我办公室偷的卷子。"他在路上开口。

"什么卷子？"我说。

"统考的物理卷。邹易，装什么名？"他从后视镜里望我，眼神像在看一件瘢痕累累的器物，是继续修补还是丢弃只在一念之间。

我后背上蟒涌上一阵凉意，攀升至脑后迅速转热，森森鳞甲擦出火星，点燃黑色的病态快乐。

"我又没做过，我不晓得你说什么。"

他不讲话了，脚一下下地狠擂油门，像在暗地里对付一个野性未褪的畜生，要用力气才能叫它听话。街道上积水很深，污色水花开到车窗边。

物理办公室密封如真空罐头，罐头里人面晦暗，肢体扭曲，都像干腌鱼。

一条干腌鱼抢先跳出来指认我："就是她！你们看嘛！当时我在厕所里跟她讲话，好多人都看见了！"

我走进腌鱼的包围圈。他们要他给个交代，我就是那个交代。

"那是你威胁我，叫我不要把你谈朋友的事情说出去，你男朋友还打过我。"

邱玉娇的母亲就在旁边,生着和她一样的圆脸盘,方阔额头,栗色卷发,甜腻的酒窝。邱玉娇在屋里是佯装温顺惯了的,她母亲给哄骗得很好。此刻如天塌,泪汪汪地把下半张脸埋在肉乎乎的手里,她甚至不问真假,就低声啜泣起来。

她母亲倒是比她可爱些,我想。

"你乱讲!"她发抖,声音也跌破了,但没法子反驳。

"我乱讲?你男朋友打我的时候,夏老师还看见了。"

夏老师不在。办公室静了一阵。

"你亲口跟我说,你要去你爸办公室偷卷子的。"轮到梁凯发言。

"我还跟你说,我恨物理考试,要烧了阅卷室呢。那都是气话!梁凯,你何必做到这个份儿上?你不就是想拉个人垫背,想报复我吗?"

"怎么人人都要害你!"父亲嘲道。

"人人都要害我!因为你!因为我爸是年级主任!他们都恨我!我要是真的偷了卷子,为什么不自己抄?我当活菩萨,冒险把卷子偷出来,就为给他们抄?"

"你们父女两个到这演戏来了?"梁凯他姐说。

"邹易,你怎么变成这样?做了错事还不他妈的说实话,还犟!犟什么?浪费这么多人的时间!"

"成斌,算了吧。"办公室里资历最老的朱老师上前来。他是个戴眼镜的秃顶瘦高老头,背微弓,支出患有腱鞘炎的龙虾钳虚虚地拦住他。邹成斌一把甩开朱老师的手，凌空抡出一个小半圆。

"就是你偷的卷子！李文溪，你说！"

李文溪，最受老师偏爱的观赏性鱼苗，怏怏地从班主任身后冒头。我知道她是来"协助调查"，不需要谁给她讨公道，身边没有家长。

"老师开会那一天……邹易，她是出去过，值日本上有记录。"

"哪天？我不记得！出去了又能证明什么？上厕所也不许吗？"视觉里鱼头攒动，"那天肯定不止我一个人出过教室。"

"你就是那一天去的我办公室！"我父亲盖棺论定。

"你怀疑是我？你是我老子，你信别个不信我？"

父亲哑然，但并非是被我打动。

"你说是我，有证据吗？"我偏要激他。

"你要证据？"他忽然暴起，一把扯开办公桌抽屉，攥出照片，举给我看，"偷我的照片！夹在你的物理书里！"

"什么照片？"我追问。原来他公开课那天就发现了。真蠢，找那么多人来，实际没有陪审团，是他一个人的审判。他早就知道真相，他从来都不信我。

"什么照片？"我又问一遍。

"什么照片？"问这话的另有其人。

梁诗玲抢过照片。"邹成斌！你怎么还敢藏这张照片！你好不要脸！你当没有人记得，是不是？"

171

邹成斌面色铁青如蟹壳,一只螯指着梁诗玲说:"给我!"

事到如今他还摆年级主任的架子。梁诗玲不惧反笑。这笑似曾相识,有几分无赖——她和许哲当真是一家人。她高举照片,在鱼头前晃一圈:"看看,有点记性的都看看!照片上的人是哪个?唯一的合照,是不是?一藏就藏十来年,是不是?你当真是个痴情种!你不如当初把这个磨人精流掉!"

"怪不得自个屋里的小伢教不好,上梁不正下梁歪!学校怎么还敢把你这种人留着教书?家长们怎么还敢把小伢送到这种人手上?"

鱼目灼灼,在邹成斌面上聚光,烤出油来。

"少说两句吧!"关键时刻又是朱老师出来息事宁人,"成斌,算了算了,你先带邹易先回去,学校那里我想办法。"

"想什么办法?说我的女伢,偷了卷子自己不抄,故意在学校里散布错误答案,要我这个当老子的难堪?"他一张蟹脸熟了又生,两螯捏成鼓胀充血的拳,"邹易,我这个做老子的到底是哪里对不住你?"

他哪里对不住我?我要细细地想一想。

"说话!"他咆哮如大河呜咽,"你哑巴了?"

朱老师弓起虾背,悄悄地退回人群里。

他大步跨上前,一掌掴在我脸上。耳边嗡地一响,好似佛寺钟鸣,一刹那四大皆空,世界都歪仄,都倾倒。后脑勺磕到什么东西,还没来得及痛,只感觉颊边热辣,流血的错觉,手掌的形状,四散的痛感。

世界好不容易平复，首先看到一个指节粗大的蟹爪，步足张合，还没有打过瘾。

"成斌！你做什么！这么多人看着……"

"算啦算啦！""伢还小！""莫打出个好歹！"家长们也七嘴八舌地劝起来。

又是一脚，踹到我腰上。"装什么死，邹易？给老子滚起来！"

见我父亲是真发了疯，他们才纷纷上前来，似捆蟹麻绳般制住他的手脚。

暴力能醉人。这醉蟹浑身通红，挥舞螯足，口吐白泡，面孔狰狞狂乱似蟹背上的鬼脸，兼备海洋的莫测和虫兽的丑陋，像恐怖片里特效化装叠加出的成果。这脸一时变得很陌生，我愣在原地，惊奇大于恐惧。

"快跑，快跑，再不跑他还不打死你！"梁诗玲大叫。

缚蟹的绳索松动了，蟹螯开始扑咬。

一股热流淌过嘴唇，我拿手抹了。这时脚才动起来，支起两条细长果冻条，不听使唤、没有气力，颤颤悠悠、跟跟跄跄地爬出门。

至于门后的故事，我似乎忘记了。

十六　自说自话

"他二人在船上歇了一晚。长生找了块油布让二姑娘躺下，他分一个角，靠墙端坐，凑合了这一夜。二姑娘睡不着，她暗暗盘算，长生爱不爱都没有关系，退一步来讲，长生是谁都没有关系，她要的是一个读过书、会识字的人，记下这故事——她要人记得，就像'色空'一样，她要这故事流传；她要少女人妇将她的故事口耳相传，她要人们都认得她；她要和这江水一样，一同融进小镇的历史。"

"但他得记得，得对她有情，这样他才不舍，才愿写，文人的他才会醒。"

她说："不是非得找一个才子佳人的故事去附庸。我们这儿一向是只见佳人、不见才子的，地痞流氓都比'才子'有情义！读过圣贤书的人，也未必是真圣贤！"

我明白她的意思。正如镇上人人都说读书好，所以每家都好比强压牛头饮水一样，叫小伢把白花花的纸片黑乎乎的字都吃进肚里，不管他们消不消化得了。源远流长，血统纯正的"文化"信仰，在楚洲这块穷土地上茁壮。"邹先生"是谁，无关紧要,她爱的是异神的一个偶像、一具泥胎。她真正爱的是"邹先生"身后那庄严玄妙的东西,她妄想以凡人小女子的柔情打动神灵,求神灵给予她从世俗中抽身透气的机会。然而这镇上多的是灰头土脸、埋头用功的读书人——最虔诚的信徒也无神力相助,需要长久地在琐碎日常的泥沼里挣扎。可见神是无慈悲的严厉家长,有惩无奖,从不偏心。

她说:"住在外婆家的夜晚,我摸黑躲在被窝里,打着钥匙扣上的小手电,在凉席上写字。死去的草木纤维在我的笔迹里生长,纸面上一片树影婆娑。"

夏夜溽热似一汪羊水,滋养万物。黑色墨迹饱吸水分,冲破纸面,开出星星点点,茸茸白花,好似学校门口卖的结晶圣诞树。不一会,白花爬满纸张,生物电流滚闪如荧光孢子,又似蓝鱼啄吻,啮去现世的浮藻。

光亮点燃夜晚,黑暗给烧卷了边儿,边沿以下渗出刺目白光。我合上眼,再睁开,白光消退,泛上青釉蓝,现出天色。白光越缩越小,最后凝成一轮惨淡浊日,一只褪色金乌。

身下好似活物,有呼吸起伏。

"睡觉也不老实,半边身子都打湿了!"一个男声在身后响起。

偏头去看,一张脸谱似的俊脸,油头粉面,且颦且笑。

我悚然,爬起身,发觉衣服下摆湿了一块。

脚下甲板湿漉漉的,不远处有一摊积水,大抵是昨夜落了雨。船在移动,所有木头都朝一个方向使劲,破水时发出哗哗声响。头顶飘过一片云,再看,不是云,是岸边枇杷树的树影。

"这是去哪?"我问。

"你屋里人来找你了。"男人说。

我踢踢踏踏,蹬开一地破烂,走到船舷边张望。

岸上明火执仗地立着一队人马。领头的是个矮胖的婆子,身边还有个黑壮如熊的汉子,手里拉着船缆,再往后,男女老少高矮胖瘦一应俱全。

我翻身坐上船舷,双脚垂下去。船靠岸的速度慢下来。

"坐在那儿干什么?跌下去怎么办?"长生紧张道。

"别过来。"他一靠近,我就作势要往下跳。他不死心地退回去,语言能力也退化回去,连说带比画。

"莫……莫想不开!你一晚上不回去,叫屋里人担心!"

"那不是我的屋啊。"

"还跟屋里人怄气,莫再说苕话!"

"让她跳!你借她十个胆子看她敢不敢跳!"岸上的老太婆叫嚷起来,歪着鼻铁青脸,很不忿的模样儿,实际心里也在赌。上了年纪的人总有种自以为一切尽在掌握的天真,以为自己活得够久,见得够多——但这是我的故事。

船又动起来,行进的速度更快。岸上有人搭手,拉得格外卖力。

我别过身,双脚从水面上收回。

长生弓着背,敛着手,眼睛不离我,随时准备扑上来把我揪回船里。

我两手一张，仰面就往水里跌。

长生弹射到我身前，一把揪住衣服下摆，浆洗过的粗布裙挺括如撑满的伞，不过是开口朝上，更像只碗。他下意识闭上眼——原来他是知耻的，而我不知。我一脚蹬在他心窝上，他松开了手。

我轻轻巧巧地落进水里。

绕开木船，见岸边下饺子一样的景象，大概是老太婆开出了什么好条件，几道雪白的水痕破开水面，直冲画舫而来。

长生的面色由白转红再转青，我欣赏了一会才潜下水面。

时间无知无觉随水流去，岸上枇杷叶落了又青，生出黄灿灿的枇杷果，又被雨水打烂在枝头上。王婆子院前两个红灯笼洗刷得褪了色，现出肉糜的粉。

江上依旧船来船往，只是行船人面色都不大好，手里攒着一股邪劲，干什么都火急火燎。水流送来一只花狗肿胀的尸体，和一股子腐臭甜腥气。

近岸，数十个蜡黄干瘦的男人在固堤。他们挑着与肤色相近的黄泥巴，下半身浸在泥地里，在岸边拖泥带水地垒起了半人高的圩埂。

长生也混在其中。他愈发瘦了，腮尖似猴。从看不出本色的短衫里伸出两只纤长的无毛猿臂，肌肉怯如鹌鹑，隐在皮下，搬运的牵拉也无法使其雀跃。泥浆频频飞溅，长生掸泥点的动作之细心如猴群相互捉蚤，不见厌烦。明眼人都看得出他做不惯这事，他只能在这乡里给死人写写悼文，给活人抄抄对

177

联——眼下两件事都用不到他，抓壮丁式地被抓来了。他干活也决计不走心，从身后传来的箩筐到他手里就轻一半，黄泥掩住了脚面，他身前倒是先一步筑起堤来。

不一会又下雨，男人们加紧忙活，身上直淌黄泥汤，猴群眼见壮大了。

下大些！下大些！我的心在叫喊，和记忆里的叫声叠在一起。我终于明白她的心境：没有气力去对付的，留给自然去清算，一切人力不可为的，就叫天收。

夜里，我沿着泡在水里的枇杷树手脚并用地往上爬。树冠遮挡下，我看见不远处堤边的空地上，一堆干枯的麦秸秆烤得哔剥作响，旋起青蓝烟雾，围坐的人都别过脸去咳嗽。火光亮起，照不见我，却照亮了一张黑而阔的脸。

是大器。再看，凸嘴和大师傅也在人堆里，脸上都还干净，约是刚替换下上一班人。夜里的差事明显清闲得多，人的话也多起来。

"住这背时的位置，年年发大水，今年还格外不一般，都说天上有两条龙在干祸。冇看到？我看到了！昨天也打，你还冇看到？好看！那么大的闪！那么响的雷！你咬他的颈他抓你的脸，就那么缠斗，打了小半年！所以雨不停！再下，田里种水葫芦只怕都种不活！现在肚子还能混个圆圆饱，再往后——嗐！"凸嘴说。他抖抖索索地从衣服里掏出什么东西按到嘴里，细细嚼起来。

"混账！你又从老子的厨房里头摸出来什么！"大师傅揍他

一巴掌,正拍在后背上。凸嘴"噗"的一声把嘴里的东西喷出来,哭咧咧道:"我的炒米!"

凸嘴忙着捡地上的米粒填他的凸嘴,留了个空当让旁边人出声:"什么长虫打架!不是闹鬼?小伢眼睛邪门呢,我家老幺在船上当帮工撮虾子,说他看到江里有个白衣女子!我一想,今年你们高家屋里那个落水的女伢,不是到现在也没有找到尸首吗?"

"生前就是个祸害!"凸嘴捡米粒的动作明显慢下来,为他说话腾出空,"要是真的死了,变了个精怪,只怕难说!"

"请个师傅,请张符贴一贴么!费不了几个钱!"大师傅发话了。

他畏冷一样揣着手,接着说:"东县有个姓田的道士,年纪不大,胡子也没有。人家都说,嘴上没毛,办事不牢,他倒神得很。小翠刚走的时候,我整夜困不着,一睡就梦见小翠拿她的细牙齿生生咬我的肉,把我这一肚子肥膘都吃她肚里去了!把我肚子吃空啦,还怨我狠心不认她!我求爷爷告奶奶,四处找人,打听过去,说他灵,叫他画的符,放在枕头下边就好了,再没得比他能耐的。这才是真真正正半仙!"

大师傅说这话的时候眼睛看着凸嘴,提醒凸嘴自己受罪全然是拜他所赐。凸嘴却全然不知,他一边将地上的米粒拢作掌心里的一小把,一边高兴:"受了潮,皮是皮了些,还能冲一碗米糊!"

我缓缓从高处的树丫爬上岸去。一直没有参与讨论的、名叫大器的汉子似乎有所觉察般猛地转过头，我匍匐贴地，躲在树影里和他对视。莽汉没有表情，空洞的眼里遍布急流漩涡，一缕与躯壳不配套的怪异灵魂已然入住。

我眯缝起眼。

他掉转过头去。

我蹑手蹑脚地爬上岸，穿过光亮地带，踩着经了几场雨的濒临倾颓的土墙，翻上屋顶。走了一段，又见长生在街边走，一拐，就不见了身影。我撵上去，往下一探，发现他正抬头看我。

"你回来做什么？人人都以为你死了，我逼死的。"无毛猿说道，"发这大水与你有关？你就这样恨我？把我爹留给我的画舫都冲毁了，你的好舅母说再也不要我进她的店门。镇上容不下我了，你带我走吧。"

我看着他伸长脖颈的蠢相，和待饲的鹅一样，说："我怎么晓得你不是在骗我？"

"骗你什么？"他说，顿了一顿，"我现在这样，骗你做什么？"

"有人说要去找道士，请张符把我收去哩。"我说，做出怕的模样。

他不作声了，在脑子里细细地盘算，半晌抬起脸一笑："我怎么有听过有这样的事？"

我冷眼看他，也笑："天快大亮了，青天白日的我不能在这乡里走，今天晚上，你在枇杷树边等我吧。"

他抬脚就走。

下午，果真看到王婆子领着个相貌堂堂、道士打扮的中年人摸进高家后院，在长桌上将法器一字排开。两人压了声音商量，半句都不让我听到，而后中年人摆弄起桃木剑，玩了几个把式，王婆子很捧场地夸起他来。

"田师傅，您有雷霆手段，您就是关老爷再世，不管要请什么仙、召什么神，花多少银钱，把那妖魔收了就是。我们都是靠水吃饭的，经不起这样的折腾。"

田师傅表示他早就对这洪灾的起因存疑，另外请仙容易送仙难，不好再叫王婆子破费。

他们对付小翠只拿符贴一贴，对付我就要用"雷霆手段"。我猜这道士也没有什么大能耐，不然我就藏在这屋脊后边，他如何看不到。

他们密谋完，王婆子就冲屋里一招手，长生拖着步子走出来，摆一张乖顺的脸以示自己可用。

他们不晓得我就在这里，就看着他们。

她只写到这里。我水里的小朋友，她已经不太说话了，只在入夜时躁动异常，用尾巴把红塑胶桶拍得啪啪响。我问："邹易，你醒着吗？"通常没有回答。我时常怀疑，或许她已经离去，原地只剩一条鱼的躯体。

有时候她又如灵光乍现，滔滔地说些前言不搭后语的话："伞，伞还没有还。""船，莫让他们上船。""车在仓库里。"……我强撑睡意，俯身捡拾她那些碎片化的梦呓，却无法拼凑完整逻辑。

　　她也有神智清醒的时候，能够准确地表达自己对午餐的要求："我想吃面条，要细面。"问别的事，反应就迟钝下来。搞错人名更是常有的事，唯一不会出错的就是"江潮"。一提起这个名字，她就像牙牙学语的婴孩，誓要把初识的字词念破为止。

　　"江潮江潮江潮江潮……"

　　我从不晓得鱼也能这么聒噪。

　　没办法，故事只能由我续写：

　　二姑娘没有等到晚上。她青天白日走进镇上一个酒楼，在近水的长廊上挑了个桌子坐下来，店里的伙计看到她都讶然，无人敢上前招呼。店老板是不信邪的人，他腆着圆滚滚的肚子走到她桌前，一指菜牌，问："伢儿，吃点什么？"二姑娘说要吃荷塘三宝。老板说："天都要凉了，三宝里头两宝都罢了乔了，换一个吧。"二姑娘说："烧个鱼乔。"老板说："淹大水，养的鳝鱼都跑了。"二姑娘说："鱼籽豆腐，也冇得？"老板点头："是巧了。"二姑娘说："什么都冇得，开什么店？赶不上江边那家。"老板也不怵，客客气气地回："那倒是，肯定赶不上您伢儿自个屋里。"二姑娘说："有什么上什么，差个伙计，去我舅母家叫个人来付账。"

　　我已彻底想通：何必指望个不中用的男人来做记录？我自己写，也能叫所有人记得。

物理组的胡兴，就在这个时候——来得正好——拍响了我出租屋的大门。

我没有让他进屋。

我走到楼道里，问他："胡老师，你有事吗？"

"其实也没什么事。"胡兴讪讪一笑，苍蝇似的搓着手。

我等着他开口。胡兴盯着我的脸看了一会儿，又努着薄嘴唇，低下头去，那模样是有个秘密在心底憋不住了，亟待倾吐。

"就是……你晓得李忎远挨处分了吧？"他说话时的心思忙得很，一边在肚子里措辞，一边在面上卖乖，"我想是因为……"

我点头。

"你晓得？那你？"他声音杂乱了，措好的辞也忘了，"你不怕？你不想转正吗？"

我不说话。他审物理题一样审视我，就差在我脸上画五官的受力分析——"实际也不是大事，只要我去跟陈校长说一声，只要不到处说，别个也就不晓得。学校那边肯定也是睁一只眼闭一只眼。这点小事我还是办得了的。"

"你怎么晓得这事？"

他噎了一下，要在心里打满一张草稿纸才能告诉我答案。

"林跟你说的？"

"不是不是，不是林老师，"他说，"我隔壁屋里也去了，那天……"

"你隔壁屋怎么认得我？"

"有照片啊，我屋里一屋人都认得你。"

183

他说的话比高三冲刺卷的语文阅读题还难懂。我花了一会儿才想转过来:"你是说,你把我的照片给你家里人看了?"

"他们说要帮我把把关。"此时他又异常老实,可能是考题超纲的缘故,"他们说,现在谈朋友不比以往,铁饭碗是好,还要考虑以后小伢……"

"胡老师,你是不是有什么误会?"我问这呆头鱼,觉察到他的木讷背后藏着不少下作,"我不想认得你屋里人,也不想认得你隔壁屋的人。"

他脸上浮现出无处下笔的迷茫神色:"可是……"

"以后别联系我,行吗?也别再到处传我的照片。"

我以为自己说得够清楚,胡兴却仍面不改色地问我:"你就不怕学校的处分吗?"

我嫌恶地冲他一笑:"你要去告吗?告去吧。"

我扭身就走。胡兴大声喊起了我的名字。

十七　接续

"船，别上船。"

"为什么不能上船？"

"有人要来？不，不是，我不记得，但无论如何，别上船。"

"不上船，到哪去？"

"去哪里都行，到江那头去，到比江对岸更远的地方去。"

一个年轻男人的声音对我说："伞？还在你那里？好，你拿好，莫弄丢了。"

"伞，伞，要伞做什么？"

"莫多问，晓得越少越好。"

"可是……"

"伞，莫再打出去了。"

我还想再问，声音却已经消失了。

回过神来，眼前一派潮热。码头上江风呼啸，鼻息紊乱，一个不属于尘世的名姓，一出口就融进风里、水里，再不见踪迹。

一个同样气喘吁吁的人站在我身后。

"许哲在哪里?"

"不晓得。许哲是谁?"

"六拐幺四的车不见了,他跑路了,是不是?"

"不晓得。"这人说的话我一句都听不懂。

"那你跑什么?他们要来搜船,你在给哪个通风报信?"

"江……"

"江潮住那船上,我晓得。许哲也在,是不是?"

"他不在。"

"你连谎都不会扯。"那人硬生生地扳过我的肩膀,一张青红的脸映入眼帘,"再找不到人,你我都没有好日子过!"

"莫动我!"

"他一个人跑了,他有没有想过我和我姐?"

"他不在!说了不在!"

"听我说!听我说!钟永斌,他们认识,不会害他,你信我!他是我姐夫,我也不会害他!"

"滚!滚!"我咆哮道,"说鬼话!"

他一拳把我打倒在地。

我眼冒金星,满嘴腥咸,记忆忽而复苏。

一双硕大的球鞋,手绘的商标,鞋带系法如儿戏。往上,连套泥色校服,乱发绞缠,似秽河浮尸。鼻梁上的眼镜像以透明胶带裹尸的木乃伊,镜面仿佛教堂的拼色玻璃花窗,杂交的产物透过花窗看我,眼神令人目眩,"你肯定晓得怎么上船。"

"我晓得,你跟我来。"

风大得不寻常。江水漫过台阶，漫过膝盖，远方船影淡如晨雾，昏日骤收残光，雨点银灰膘肥如池鱼，从天而降。

我放慢了脚步。

"怎么过去？游过去？"

梁凯大步向前，将我甩在身后。

江水漫到大腿时，我叫住他。梁凯不耐烦地回过头，我一把抓掉他的眼镜，拼色玻璃的教堂花窗立即沉没。没等他反应，我猛推一把，他滚下台阶，瞬间没顶。我喘气如牛，神经遍布水面，四周银鱼扑窜，气泡翻涌，人头如皮球，屡屡破水而出，又被我反复按下。水面久无动静，我稍一松气，就被拖进水里。

气泡遮眼，水流卸力，揍梁凯就像揍棉花。他蹬出一脚，我挥出一拳，一路翻滚，脏腑乱套，分不清东南西北。

双脚触地，往上一跳，江面上只见漫天水花。梁凯放声怪叫，手脚并用地翻搅，拍打水面，打断氧气输送。

我再次下潜，朝他扑过去。两人泥鳅一样地滚在水底，激起千层沙浪。他制住我两手，一张黑青色河虾脸几乎融在泥雾里。又是一个翻滚，虾脸从泥雾里破出，癫狂地左右摇甩，仍然睁不开眼睛。

我的气力在水下茁壮。我骑在梁凯身上，用肘部猛击他的侧腹。一对失明的无神虾眼紧闭，一双旱鸭子蹼乱蹬乱踹，一对虾钳紧紧攥住我的手腕，手指充血酸麻，怎么都甩不脱。

潮水的触手似猫爪，颇具玩性，频繁拨弄两只水虫，目的不明地推抛向近岸——此时倒显出它的慈悲来了。两人受浪潮裹挟，又相互掣肘，滚到一起，浮在浅水里。场地转换后，触手再次出动，水流轻抚，如使草斗蟋，充满撩拨意味。

可梁凯已被吓破了胆，无心恋战，要求中途退场，四肢并用地往近岸的台阶上爬。我躲闪不及，遭他一路拖曳，一路呛水，满肺泥腥。

梁凯触地即活，把我压在水里，拳头接连招呼上来。又是一个大的浪头，把我二人打回水底。水面之下隆隆作响，好似雷鸣。

接连几声巨响，震耳欲聋，水波大噪，像是高楼垮塌，音屑迸落，无数钢筋水泥碎砖烂瓦一齐抛撒。

梁凯给这声响唬住了，拳头没再落下来。我揉开他，吃力地把头探出水面。

冲天火光如赤色鬣鬃，从水面伏卧的兽脊上暴窜而出，像所有害了疯病的畜生一样，趸船发狂地咆哮、嘶吼、互相扑咬，血迹将水面染得一片金红。比电厂排烟黑百倍的浓烟，自长毛畜生口中喷涌而出，夹带万千化工因子，被江风捏成波诡云谲的毒雾团，江面油黑似老锅，滔天热浪扑面而来，大火煎炸。

我头疼欲裂，脑子里边好像在沸腾，随时会开锅。

黑云似老茶，借势烹煮，天色茶汤汩汩注入火场，温热的洪流奔涌而来，将我二人打翻，耳畔兽斗的声势更盛，浪尖的魂魄更远。

再次睁开眼，只见濒死的船影摇摇欲坠，江面上火光已连成一片。又是一声巨响，漆黑的骨架劈开浓雾，整个向前倾倒，压倒另一艘船。困兽犹斗，遗言如闷雷滚动，庞大的躯体如多米诺骨牌般接连倒塌。趸船相继沉没，唯有鬃毛赤焰出露水面，燃烧最后的生命余热。船躯烧融作多首多足的神秘水怪，周身磷火斑斓，黑烟曼旋，死气森森，好似一座莲蔓攀缠的巨冢。

一个黑魆魆的人头悬停江面。梁凯望向我，眼泪混着泥水从颊边流淌下来，乌青金红，似虾脑油。

"又是你。"

"你是……噢，那天找人，多谢你。"

"你先止血。"

"只是破皮，不要紧。"

"胆子挺大，你不怕吗？"

"怕，只不过当时忘记了。"

鲛鳒鱼软塌下去的一刻，我抢步疾扑上前，撑住湿黏的海怪胸鳍，鱼身顿时化作一顶巨大的帽子翻扣在头顶。

"把刀给我！"我说。

"小何老师，你这是做什么？"少年低声问道。

"拿来！"我抢过他手里的水果刀。

三两江鲇长须弹颤，仿佛觉察到异样，视觉昏聩的浊眸空闪，似引路的黄泉冥灯。鲛鳒发光器似有感应，一改气球般的漂游路径，直冲我面上扑来。我摆脸闪避，头顶鱼帽左摇右晃，滚落在地，登时血雾翻涌。

我心一横，手心直直抹过刀刃。"快走。"我一边说，一边血掌印攥了满身。

"那你怎么办？"

瞎眼江鲀循腥而来，裂口而笑，馋狗般吐出红舌。发光器如影随形，映白了双眼。我盲抓一阵，将沾血的手掌揉在颊边。

鱼群中气泡再次腾涌。江鲀凶猛如奔豕，巨口偾张，迎面撞来，须如长鞭如乱流挞笞，凌空作响。额前猛然一痛，入目一片赤红，转眼就飞跌在沙地上。

耳畔鲸鸣大噪，夜已落潮。

"做么事？站住！哎哎哎！还敢动手？你他妈好大胆子！"说话的人有江城的口音。

我蜷伏在地，同疼痛争夺五官管理权，脸上潮潮地发热，不晓得是不是流血了。

"哎，跑什么？那个男伢！站住！"

我慌忙往身旁摸索——没有，水果刀不见了。

"喂！往哪跑！回来！"脚步声杂乱，紧接着是"扑通"一声，重物坠落，夜色泛起涟漪，搅作一锅黑燕麦粥，"跳河了！他跳河了！喂！快上来！"

那个江城口音走近来："又是你？"

窗外的寒夜如闹觉的孩童，好不容易折腾完，终于静下来，疲惫睡去。

"查了监控，人已经上岸了，水性不错。"江城口音的年轻人接完电话，对我说，"娄子是你捅的？"

"是。"我有气无力地回道。

"要真是你捅的，他跑什么?"

"小伢胆子小，骇不过，跑了。"

"你说这话自己信吗?"年轻人嗤嗤地笑起来。

"我信，不然就白挨一下。"我晓得瞒不过他。缠满绷带的伤手似新生蹼爪，还不太适应。另一手尚可使用，高举一块干净毛巾，按在脑门上。

他在小本子上唰唰写下电话号码，将那一页撕给我："要是他跟你联系，随时打给我。"

"这算正当防卫，是不?"

"他算不算我不晓得，反正刺自己手不算。"

"你这人，不信人说是吧?"我佯怒道。

"莫太不把自己当回事，真要追究起来，你能为他扛一生吗?"

我不说话了。

"小秦，你是从市里回来的，你估计不晓得，"车上另一人转过脸来对我说，"女伢，你也不是本地的?"

"我是。"

"你是? 那这事不好办!"他说，"怎么去得罪他呢?"

"得罪哪个?"

"你当真不晓得? 钟永斌!"

"钟永斌?"我缓缓放下支在额前的手。

"血还没止住，按上按上!"小秦从我手里夺过毛巾，点按在伤处，叫我头痛欲裂。

191

"还有哪个钟永斌？钟份的那个钟永斌！"

鱼说："船，别上船。"

我此刻才明白，我是她生活的接续。她被禁锢在记忆的水域，而现实中，江河一直汹涌向前。

次日，自称是梁译晗堂哥的人找到了学校，说要见我。来者高而壮，脸方且阔，腋下夹一个款式过时的黑色公文包，他说他叫梁凯。

我请他进办公楼。他摇头，顺应虾类喜暗的本能，一头钻进林荫道。树下阴晦，男人面似鳌虾，话语间，眉跳如虾须，摆手像挥钳。他是个十足的男将相了。

"你是他老师，你怎么看不住他呢？"这莽汉说道。

"你跟他关系好吗？晓不晓得他有可能会去哪？"

"不好！我唯愿他死在外头！这伢从小就喂不熟！要不是看他屋里娘老子都死了，哪个管他！"虾青的阔脸上写满怨怼，"他不消回来上学了吧？劳累我姐，天天伺候他吃伺候他喝，他要是进去了，每个月还要省大几百的饭钱！"

"总不能让他一个人在外边……"

"找回来又怎么样？拖到河边枪毙？又是钟永斌，又连累我这一屋里，婊子养的，跟他老子一样短命！"

手机铃响，是一个陌生的号码。

"不好意思，我接个电话——喂？"

"喂喂，你是何莲山？"声音也陌生，说话腔调像是怕费劲，像是跋在脚后跟下的半截鞋面。

"我是，你哪位？"

"你莫管我是哪个。何老师，梁译晗是你的学生吧？"

"是，你有什么事？"

"我既然打了电话，那肯定就是找他有事噻。他人在哪？"

"我不晓得。"

"我晓得你昨夜里跟他在一起。你放心，都查清楚了，不会怪到你头上。何老师，你还真是为人师表，嗐，我们读书那个年代就冇得你这么好的老师……"

"我真的不晓得。"

"不管你晓得不晓得，你想个法子，尽快吧，尽快找到人。"

"你找他做什么？"

"做了错事就要承担责任，这还是一中的陈老师当年教我们的。他升得快啊，这才几年，就当上校长了。"

"我们这是学校……"

"找学生肯定问学校要嘛。何老师，你一个女伢，做事莫不晓得轻重吧？"

"你想怎样？"

"三天，三天之内把小伢找到。"

"什么电话打这么长时间？"梁凯吵吵嚷嚷地问——这么多年，他除了体形竟没一点长进。

"哎！"林荫道尽头不知何时立了个发福的中年人，不知是冲我还是梁凯招呼道。他头发烫得很高，层层叠叠地摞在颅顶，像从哪个小年轻头顶上借来的。

梁凯嘟囔了句什么，我没听清。

中年人面皮浮肿松弛如水母又似虫蜕，浮起层层叠叠的笑。他一手举起手机，贴近耳边，一手挟烟，舌尖吐露，缓缓爬过嘴唇，活似一条肥硕的毒虫："何老师，三天，莫忘记了。"

梁凯虾眼圆瞪，虾须惊跳，口器抖颤着吐出一个名字。

欧阳。

"邹易？邹易？"

我回过神来，发觉夏老师在叫我，连忙说对不起。

他笑得上下睫毛碰在一起，说："你想什么呢？"

我摇摇头，很不好意思。

他转向我的稿纸，神情严肃起来："你这样写，有点单薄，对不对？小说的三要素，人物、情节、环境。你看你原本就没有设定这个。啊，社会背景，你主要人物出来的时候，也没有具体地介绍家庭出身，这个人物立不起来嘛。

"还有啊，为什么她从江里出来，没有穿衣服呢？叫别人看见，她不害臊吗？如果你要参加比赛，要注意创作内容上的取舍。"

原来有这么多的毛病，想写什么写什么，这是夏老师说的；而今他指正我，可见我想的不够好。

有人偷偷跟我说："昨天你跑了，你猜怎么着？邹主任他不去找你，去找夏老师扯皮！那节公开课下课，我去办公楼送作业，看见邹主任在语文办公室和夏老师吵架！他说：'你给我女伢搞的什么地下辅导？不能让我这个当老子的晓得！辅导得她逃学！还说搞文学，搞的究竟是什么东西？以前蛮乖的小伢都教坏了！'"

"夏老师什么反应？"

"人夏老师就是不一样，全程不卑不亢。还催你爸快点去找你，莫要浪费时间跟他吵架。"

就是这样不一样的夏老师——在偷卷子的事人尽皆知后，他找到我。

"邹易，"他吞吞吐吐地，"你是在周五教师大会的时候偷的卷子吗？"

我不说话。

"你那天看见什么了吗？"他试探性地问道。

我还是不说话。

"你什么也没看见，对吧？"

我既不点头，也不摇头。脚步声踢踢踏踏地响过来，我母亲出现在了门框外，夏老师连忙拿出一本书放在我手边。

"邹易，我给你带了本书，《边城》，你看过吗？"他惶惶地笑着，"书看完了，你的病就会好的。"

我看完了书，可没能等到病好。

十八　收束

她不再说话了。

哪怕我每餐煮细面给她吃,她也不说话了。她是伏在水底的一块鱼形镇纸,压得我满腹字蚁无法动弹——"你就这么走了?故事也还没讲完。不,不只是讲故事,还有事情你没有告诉我,很重要的事,但我不知道是什么。"我在电脑前枯坐,十指伸进发丛爬梳,试图厘清一条供字蚁爬行的林径。

头顶新伤乌青淤紫似葡萄挂籽,愁丝枝繁叶茂,爬梳的动作慎之又慎,生怕牵拉到额间硕果。方琳见我,吓了一跳:"小何老师,是不是出什么大事了?"我摇头,托她打听梁译晗的下落。一天一夜过去,毫无音信。小姑娘眨巴着泪眼,问我:"何老师,要是找着他,你打算怎么办呢?你不会真把他交出去吧?"我指了指额头。

鱼生了新鳍,皱缩似葡萄新叶。她无知无觉,不动弹,也不常用它,任其惨绿,随性生长。我等她开口,像虔心的教徒等待神迹,祈盼灵运在这块生苔的顽石上降临。"也许你已经不在了,我应该把鱼送回水里去。也许是我疯了,你从未说过一句话，你只是一条喜头鱼而已。"

水里的鱼呆头呆脑，不做任何反应。

第二天下午，周文莉找到我。

"何，真是不好意思，"她挺着大肚子，频频调整坐姿，"你的衣服我给你洗干净了。那天我表哥去接我了，我直接上了他的车，没来得及跟你打招呼。"

"你好歹应该给我打个电话。"

"对不起啊，"两颗冻泪汪在她眼眶里，颤颤地不肯落下来，"手机……坏了，新的，还没来得及看，真对不住你……"她慢慢地说，"我这些时，也没怎么跟外人联系……"

"是那时候摔坏的吗？"

"不是，不是。"她闪躲着，从泪珠子后边偷眼看我，"是我自己不小心，不小心摔坏了。"

"不小心？"我觉察到异样，又无从问起，"你回家以后，过得还好吗？"

"嗯。"她胡乱点头，泪也惊落了。

"日子快到了吧？"

"什么？"

"小伢。"

"哦，哦，是，是快到了。你看我，日子都过忘了。"

我送她到校门口。目送她蹚进车流，在车流中招手，我实在不放心，又跟了上去。

"我帮你叫辆车吧，这里难得打车，他们出租都在轻轨站附近接客。"我随口道,"也难得停车,来的时候司机也不好放你下来吧。"

"我走过来的。"她说。

我以为自己听错了:"走过来的?"

她点点头,正好这时车来了。

她上了车,在车窗后对我挥了挥手。

那是我最后一次见到周文莉——在学校里以"好手段"著称的女人。听说那次见面后没过多久,她生下一个男孩儿。降级借调到初中学校的童主任,在已育有一女的情况下,闻讯又死皮赖脸地去她老家求复合。说起她的事,李志远更是实时汇报,与同事们一齐嘻嘻哈哈地揣测周文莉会不会"吃回头草"。

第三天下午,方琳跑到职工宿舍找我。

"他知道都在找他,所以不敢到处乱走。"

"他联系你了?他现在在哪?我去找他。"

"在老正街关下,联系我的手机也是借的人家的。"

"方琳,这件事除了我以外,别再跟任何人提起。"

"你放心,小何老师,我心里有数。"方琳忧心忡忡,"还有,你找到他之后怎么办呢?他怎么闯出这么大祸呢?"

"我带他去市里躲几天。"我站起身,原地踱了几步,视线飘到红塑料桶上,"方琳,我的鱼,能拜托你照顾吗?"

"啊……可以。"

小姑娘好奇地觑着水底一尊活鱼雕塑。

为了避人耳目,我特意熬到天黑才出门。

邹易，你知道吗？

我们是一株共根的夜生植物。

我今日走的，是不是你来时的路？夜的枝丫满缀房屋，哪间是你的家？江畔放花灯的妇人，哪位是你的母亲？命运的巨喙啄下脐蒂未落的籽实，哪颗是你的涩果？

那高悬的，似圣诞树顶的伯利恒之星的月亮，也曾照亮你的夜行轨迹吗？

你是否也曾见过这光景——楚洲无花无叶的精神老枝，门面萧索，虚妄地高立，强撑往日的体面。近校门一侧，生出良莠不齐的新芽门店，售卖文具小炒，收发快递，吊着现代文明新鲜事物的营养针，又有学生跳脱的三分钟热度源源不断为其输血，万般灌溉下方见青绿。另一侧，越近码头越显寒碜，根系深植暗夜的黑土地，却只长出秃杆枯叶。大型的工厂及配套职工宿舍迁走后，原处留下形似拔牙后的坑洞，街面犹如盗墓贼过境，象征经济腾飞的金牙尽数收缴，空余一椽碎齿、黑洞的牙床。

零星的老人不愿搬走，守着旧街，大张着同样黑洞的牙床，诉求也已苍老。

街道蛮荒，工业文明的电力成果自此断代，仅存的几棵沦为珍稀植物，在电缆重重庇护下，开羸弱的黄花，高傲冷漠一如精神老枝。夜黑而肥，似鱼腹，手机屏亮似萤火误入，如何莽冲也撞不破黑暗困体。被遗忘于此的僵尸车、风干招牌、残体模特，胃酸腐蚀下消化到一半的模样，无不是骨骸淋漓、狰狞扭曲，姿态与白日里全然不同，似现形的伥鬼，亟待分一杯鲜活血肉的奉养。

我游走于如肠深巷，叩响一扇腮形卷帘门。腮门自下而上，喀拉喀拉启开小缝，排出一尾灰头土脸的瘦鱼苗。

"没事吧？"

"没事，老师，我没事。"鱼苗怯怯的，指了指自己的头，"老师，你的伤……我对不住你。"

"对不住我什么，又不是你打的。"

拐出肠巷，鱼苗紧随。腥风席卷，鱼胃空荡，几点蓝白光束如雨后蕈菇，长势惊人，挞在街面上，锵盲了我的视野。

"有人！"

"别慌。"

"回游戏厅去？"梁译晗小声问。

"卷帘门响动太大了。"我一把抓住他的手，说，"贴着墙，跟我走。"

蕈菇伸缩如海葵触角，布满刺螯，沿途搜寻鱼虾，所及之处无不中毒变色。我只顾拉上鱼苗闷头往前冲，四腿同出，鱼胃滑润，脚下始终碾轧着相同的胰腺履带。身后，白晃晃如探照灯的光柱触角横劈竖砍，洞开鱼腹，暗夜厚敷如金创药，助其痊愈康复。

鱼苗奔突猛窜如烈马。我体力远不及少年人，逐渐落后。一道光柱陡然暗淡、偏仄，旋即大亮，光圈壮硕如章鱼腕足上的吸盘，将鱼苗牢牢捕获。

"快跑!"

"那里有人!快追!"蘑菇后蜂拥出一窝地精,五官蛮阔,四肢枯槁,青春痘鲜红,且笑且骂,咋咋呼呼地号叫,在大鱼的胃囊中疾速狂奔。遍地秽语拖曳,如无常的锁链,陈腐腥锈,原始有力。

"小何老师,咱们去哪?"

我喘着粗气,遥遥一指,金三角游乐场的尖顶像高嵌于穹幕之上的铃铛,在夜色中砰然大响。

影剧院含笑,龇着漏风的牙,吹出高亢的哨音。公厕面色灰蓝,寡言古板,如被儿孙闹醒的浅眠老人,不情不愿地敞开门户,施予庇护。

"哦哟!看他们往哪里跑?他们怕得要尿裤子了!"地精狂笑。

"快快快!"两人一路磕绊,七手八脚,连滚带爬地翻过窗台,攀上游乐场后墙,似逃离蒸笼的蟹,急于遁回自己的黑暗洞穴。

刚落地,又见一道光刃贴着墙头扫过。两人半蹲在墙后,抖作一团。海葵触手僵直,无法弯折,又不甘离去,在原地久久逗留。

我松了一口气。往前没走几步,又一道雪白光柱打在脚边,充满试探意味地四处摸索,如泥下寻蚌,眼见就要擒住我的脚尖。

我不响地缩回脚,向身后的少年打了个手势。

发光触手似有感知，打着转后退，像娃娃机里适时调整的钢爪，将毛绒玩具逼得紧贴砖墙，全力压缩自己。

退无可退时，吼叫声此起彼伏地响起，音潮汹涌地冲击触手，光轨瞬间紊乱。墙头滚落一个手电，光柱跌断在地，弹跳几下，熄灭了。

声音是从公厕的方向传来的。

"那公厕好像闹鬼。"我强笑说道。

二人摸黑爬进帐篷。空气中的机油味像一股流淌的液体，搅拌着陈年的灰挂，在人吐息间滑入胸肺。

我打开手机的手电筒，连着打了三个喷嚏。

"老师，你怎么知道有这么个地方？"

"我小时候来过。"

"他们是怎么找到这儿来的？"

"肯定是跟着我找来的。"我提防弹簧的棘刺，在蹦床前的台阶上坐了下来，"对不起，第一次接头，没什么经验。"

"应该说对不起的人是我，"少年在我面前席地而坐，颓唐地抱着膝盖，"我不该连累你。"

"人没事，"我安慰他，"放心吧。"

"不，我就是后悔连累你，"他吸了吸鼻子，"还后悔下手太轻。"

说完，少年打了个响亮的喷嚏。

"为什么？"我心里有一个猜测，"是不是跟当年水泥厂的事有关？"

"你……小何老师,你怎么知道?"

"你堂哥来过学校,跟我说过一点。"其实他什么也没说。

少年狐疑地看向地面——他的修养不允许这眼神在我身上施放:"他跟你说了水泥厂的事吗?"

"只说了你家里人过去在水泥厂上班。"

"我爸在厂里给人看仓库,那晚轮到他值夜班,"他平淡地说,"爆炸的那晚。"

二〇〇六年的一个夏夜,江城城郊的楚洲镇水泥厂发生了一起粉尘爆炸事件。

"你怀疑是有人蓄意纵火吗?"

"不是怀疑,一定是别人蓄意纵火。我爸不会抽烟,身上不会携带明火,加上身处那样的工作环境,他平时也很注意。"

"你是说,纵火的人是钟永斌?为什么?"

"镇上人都知道,他那时候辗转在几个工厂之间,靠偷零件起家,当时没有查到他头上,我才觉得奇怪呢。"

"这都是你的猜测,你有证据吗?"

少年沉默了一会儿。"这事我没跟别人说过。我不只怀疑钟永斌,我还怀疑我堂姐的相好,他以往跟着钟永斌混过。"

"你是说许哲?"

梁译晗奇怪地看我一眼,但没多问什么:"是,姓许的,他后来杀了人,不晓得躲到哪里去了——我这一家子人都背时。"

"可在我印象里这两人关系并不好啊?"

"过去的事我不太清楚,"他说,"但是姓许的一定有问题。"

"为什么？"

"因为伞。"

伞，伞还没有还。

"小何老师，如果你家里人有在厂里干活的，就会知道——以往的工厂会统一给职工发生活用具，工龄不一样发的东西也不一样，大多数都是什么毛巾、面盆、水壶之类。我爸没上过学，水泥厂初建那年他就进了厂。出事那年，厂里给他发的是一把黑色的长柄雨伞。姓许的有一把一模一样的伞，我见他打过。"

"会不会只是个巧合？相同批次的雨伞很多吧。"

"两把伞唯一的不同，就是厂里发的雨伞伞面上写有'楚洲水泥厂'的字样，而姓许的那把伞，本应该印字的地方涂上了一块污迹。"

"你的意思是说，他想了个法子，把伞面上的字迹去掉了？"

"那把伞我只见过一次，在那之后，再也没见他打过。据我母亲回忆，水泥厂出事的当天，午后落了雨，我爸确实是打伞出门的。"

"可是钟永斌在里边又起了什么作用？"

"镇上一直有传闻，说姓许的其实是被钟永斌处理掉的，因为他们做的脏事不能让人知道，所以我一直怀疑这事儿和他有关。"

"既然只是怀疑，你那天的行事也太冒失了。"

少年挨了批，低头不语。

"如果能找到那把伞就好了，说不定会有发现。"

"这么多年了，上哪找去？"

"你要是有特别重要的东西，你会把它藏在哪里？"

"特别安全的地方。"

"什么地方安全？"

"别人都找不到的地方呗。"

伞，伞还没有还。

我爬上蹦床。

"小何老帅？你耍干什么？"

"找个东西，马上下来，你等我一下。"

蹦床腥臭如鱼尸，肉已朽烂，徒留骨骼皮瓣。绕过弹簧硬棘，步入颚骨沙坑，攀上中央的楼梯脊椎，鱼骨摇摇欲坠，成块灰尘簌簌落下。楼梯通往三角形的鱼腥骨天台，脚下的金属地板吱呀作响。我环视四周，见天台中间支出一根粗壮的金属柱，充当圆锥尖，这就是帐篷尖顶的由来。天台窗户嵌的是上世纪八九十年代兴的蓝玻璃，从蓝玻璃里看出去，远方钟楼的钟盘出挑似苍穹碧月，幽幽泛光。

天台一侧配置了金属制的儿童滑梯，弯曲如鱼肠，残余内脏色青蓝油漆，滑道内水光潋滟，被无数的屁股蹭得光可鉴人。另一侧，紧挨楼梯口竖立着一个怪模怪样的骑具，走近一看，是一尾红鱼。鱼腹上似乎刻着一串字符，我打着手电看了又看，发现是两个名字——"江潮""邹易"。

我摸了摸那两个模糊歪斜的字迹，掏出钥匙，把自己的名字刻在了旁边。

我在天台找了一圈，没有。

又坐上那铁滑梯——冰屁股，一点点往下滑。

一根看不出颜色的尼龙绳，在拐弯处拦住我的去路。我顺着绳结摸下去，摸到长长的伞柄。

"伞，伞还没有还。"

"这女伢生得面善。"

"番茄鸡蛋面。"

"她叫什么名儿？我想不起来。"

"我又叫什么名儿来着？"

她最近神神道道，说的话我听不大懂。

她说："只怕我写的同你想的有出入，但要我说，故事就得自己写。《莺莺传》里，张生为给自己开脱，说莺莺是'尤物'。你若叫崔莺莺写这故事呢？可见自个的故事经不得别个的手！"

"自个的故事？"

…………

菜上齐了，王婆子也带着一众人马杀到了。他们见她不仅青天白日地能在镇上走，吃喝也和常人无异，既惊且怕，于是推那道士出来，催他想个法子，无论是"请张符贴一贴"，还是使用"雷霆手段"，叫她"现了原形"就好。

嘴上没毛的道士临危受命，抹着一张汗脸，操着各式法器，一路叮叮咣咣地走到二姑娘跟前，嘟囔道："冤有头债有主……"

"道长请坐。"二姑娘对着一桌子菜,还未动筷,又往道士身后一瞧,笑道,"舅母,你也来啦?来,坐,坐。"

二人又惊又疑地落了座,屁股还未坐稳,又听见二姑娘问:"舅母,道长,吉日选在几时呀?"

"什么吉日?"王婆子一头雾水。

"什么吉日?"二姑娘反问道,"您心里清楚得很,非要我一个小姑娘伢亲口说破,莫不是故意臊我?"

"什么吉日?"人群里一个声音问,是长生。

"姆妈说跟你说好了的呀,日子一定就过门。你不是这样跟屋里许的吗?"

在场的几人都觉得自己受了戏弄,各自在心里嘀咕了一通。

"选日子要另收钱。"道士没遇见过这样的事,稀里糊涂地凑到王婆子耳边说。

"选狗屁日子!她是人是鬼你辨不出吗?"王婆子也在道士耳边咬牙切齿地说道。

"原来回来是为过门!"长生很不忿地大声说道。可二姑娘看都不看他。

"怎么我回了一趟娘屋,舅母就不认账了呢?"二姑娘说,"屋里嫁妆也备好了,现在估计已经到江边了。"

她一番话说得煞有其事,听得众人云里雾里,好像亲眼见着二姑娘跳江的人不是他们自己。在他们的记忆中,二姑娘似乎是被一艘商船或是别的什么东西接走的,不管是什么东西,反正如今——她回来了,而且能给长期为洪涝所困的小镇冲一冲喜，这也不失为一桩好事。

王婆子招招手，唤来一个伙计，叫他去到码头上看看，是否真如二姑娘所说，嫁妆已经送到家门口了。

"你是坐船回的？听声音，怕是路上感了风寒，把手伸出来，叫道长给你把把脉吧。"王婆子朝道士使眼色，后者也作势微微一颔首："略懂略懂。"

二姑娘爱看他们做戏，笑眯眯地把一截细白的腕子伸出去："是，下了船喉咙就痛呢。"

道士两根枯瘦的手指头按在二姑娘手腕子上，摸了又摸，面色变了又变。王婆子看得心焦："怎么样呢？"

"好得很。"半天憋出这一句。

"好得很？"

道士点头："一世无病无痛无灾的人才有这脉象，你且看吧。"

差去码头的伙计也回了，还未进门就喊："来了！来了！船来了！"几个唇上挂着清鼻涕的小孩跟在他后边，张着胳膊在空中比画，也喊："来了！来了！好大的船！这么大的船！"

闻言，王婆子几乎坐不住："真的有船？"

二姑娘还稳着："舅母，吃菜吧，菜要凉了。"

"那就先吃菜吧。"道士说。

酒楼里的闲人一茬茬地涌去江边，有的还回来，有的不回来。长生垂手立在一边，去也不是，留也不是。刚刚他还以为自己得了重用，正飘飘然。又听闻她在酒楼现眼，一群庸人一窝蜂样拥来,把他抛在脑后,思来想去,都是这来路不明的女子的过错。

他恨不得一走了之——又舍不得,他愿意看她吃饭,比吃到自己嘴里还叫他愿意。她吃相既秀气又凌厉,一点不拖泥带水,筷子一撩一个准,送进嘴里,双唇紧闭,两颊小幅而有力地耸动起来,光拣面前的猪肝吃,吃了小半盘。

跟她一比,吃饭时还喋喋不休的道士简直面目可憎,王婆子更不消说,一餐饭吃得心不在焉,汤汤水水从嘴边淌到桌面。长生看这两人的时候,也在看二姑娘怎么看这两人。

二姑娘谁也没有看,笑跟眼都是空的,没有装载的对象,她傲得叫人生厌又叫人艳羡。桌上的人都晓得,但于礼数挑不出不是,况且此刻不是挑新娘子错的时候——王婆子恨惨了她,一个小女伢,从哪里学的这般翻手为云覆手为雨的本事?红木船又是怎么一回事呢?还是自己真记错了,她真是自己嫡亲的外甥女?

一行人用完饭终于动身。路上频频有人向这一家子道喜。喜事一传十十传百,整个镇子都传遍了,一张张泥污了的笑脸愈发叫王婆子心慌。她故意拉上道士,磨磨蹭蹭地拖在后边,小声问道:"你看的什么名堂?'好得很',叫个什么话?"

"好得很就是好得很嘛。"道士含糊道。

"她是个什么东西?你请的仙,召的神,未必一点用没有吗?你在屋里是怎么跟我说的?剑花挽得,假把式耍得,真鬼捉不得?要银钱,给不就是了?你娘我有的是。"

"不是银钱的事。"道士连连摇头,以示此事棘手。

"你看着办!银钱我也给过了!反正,她不能进我高家的门!"

二姑娘自若地走在街面上,时不时跟向她道喜的人回个礼。长生走在她身边——隔得说近不近说远不远,刚好说点只能他两人听的话。

"把人都逼疯了,你满意了?"

"不满意,"她说,"这才到哪里。"

"你……不管你施的什么妖法,糊弄得了别个,糊弄不了我!"长生把声音咬在嘴里,低低地说,"我晓得你已经死在江里头了,你不是活人!"

他分明跟她一起投了江,现今只有她一人活过来。不,不允许。

"这镇上本来也没有活人。"

她轻飘飘地扔下这话,还是自顾自地稳步向前。长生怔了一下,快步撵上去,却发现自己再也追不上她的脚步。

码头上的红木船正在卸货,新媳妇家的伙计笑呵呵地忙上忙下、跑前跑后,一箱箱的嫁妆搬进院里,船只吃水竟一点未见浅。

有好事的人跑去打听新媳妇娘家的情况,岂料语言不通,红木船上搬货的伙计说话有如低沉絮语。双方比画了一通,镇上人唯一听清的只有三个字:"江那头。"

原来是江那头来的。他们都了然,逢人就说新媳妇是"江那头"的。

再看嫁妆——那白瓷盘里盛的是面盆大的螃蟹，小儿手臂粗的海参，需得二人合抱的河蚌，无不生猛；那楠木箱里放的是绫罗绸缎，金玉翡翠，珊瑚宝珠，琳琅满目；那檀木匣里搁的是婚服凤冠，簪钗步摇，万般精巧。更不消提床凳妆奁，朱漆鎏金。伙计抬的抬，挑的挑，一担担、一杠杠送进高家院里，院里放不下，过道上也摆开了。

"龙王嫁女也不过这阵仗。"凸嘴评价道。他和大师傅垂手立在厨房门口，被无数木箱挡住了出路。

"兴许就是龙王嫁女呢。"大师傅摸着他的大肚子，肯定道。

大器畏缩在房里，他亲娘在外边叫喊起来："大器！你死哪去了？"

他把房门开了一条缝，隔着箱阵跟王婆子对望，可怜巴巴的相儿。

"这是做什么？"他问。

"你不晓得拦着他们么？"

"他们说话我听不懂，"外强中干的男子老实道，"我看他们是往屋里搬东西，又不是往外搬东西。"

"蠢货！别个白给的东西就能要吗？"

"舅母也晓得白给的东西不能要。"二姑娘不晓得从哪里冒出来，冷冷地在王婆子耳边说。

"哎哟！你走路怎么没响动！"王婆子抚着自己狂跳的心，"骇死人了！"

"日子，道长说结亲要选个逢双的日子。"

"唔，唔，就按他说的办吧。"

"那我跟长生的日子就定后天吧。"

被叫到名姓的男子似乎是盲了一阵，呆在墙角，眼睛全然不动，只出个耳朵偷听。

"哪个？你跟哪个？"王婆子简直不敢信自个的耳朵。

"长生哇。"

乱了套了，乱了套了，她心想。嘴上骂开了："小贱货，你要跟长生……"

"舅母算我娘屋里人，肯定要您点头。我还没过门，嫁妆也肯定是暂放到娘屋里安心。"

嫁妆。这两个字明晃晃地在空气中闪亮，一时间，无数金玉从王婆子眼前滚过，连带那只大螃蟹，也挥着钳子在后头追赶。

她口边现了笑影："是是是，放哪里都不如放娘屋里安心。"

长生后知后觉地，晓得自己被编派了。

一切的罪魁祸首，就站在朱红描金的箱阵当中，脸色青白，衣衫精湿，冲他哂然一笑。

十九　大鱼

"梁译晗,伞找到了!你猜我在哪儿找到的?"

没有回应。

"梁译晗?"我又叫了一声。

还是静。

我预感出事了,立即按熄了手电。

一双近视目镜中映入了别样的浓夜。当惯了猎物,食物链底端的草食性嗅觉在黑暗中总是格外灵敏。皮革腥臊,灰挂干燥,机油刺鼻,具象成葳蕤烂漫的气味莽林,万木抽长,百花齐放,叶瓣繁密音屑扑簌,干扰糊涂视觉,麻痹善跃蹄脚。

鞋底碾过沾沙铁皮,发出粗粝而密集的微响。我全力压低自己呼吸的频率,腋下夹着满是灰尘的雨伞,四肢并用地从坑底爬了上去。

蹦床弹簧布一沉,嘎吱一响。

五感相搀,步履蹒跚。凶恶蛮林中,动物气息似有若无。

别自己吓自己——梁译晗为什么不回话?他走了?为什么?出了什么变故?万物阒静,脑汁飞搅,我一动不动地跪趴在原地，胸膛里的低速燃草机隆隆地闷敲，咚咚，咚咚，咚咚。咚，一声异频的心跳杂音。

循声望去，花萼巨口，果核眼睛，荆棘利爪，古木躯干，蔓条长尾，越看越真切，分明是一匹有丛林保护色的肉食性猛兽。

"叮。"金属声清脆，震聋了听觉。一朵妖异火花似猎食的兽口，猛扑向香烟骨肉，烙下猩红点状齿痕。顺着香烟，一团丰沛的发光器密布的深海鮟鱇烟雾涌入视野。

猛兽显形，满腔潮腥。草食动物的预判错误，来者不是丛林里的斑斓大虎，而是海底里变异的丑陋巨怪。

蹦床口的台阶上，深海鮟鱇鱼一手圈膝盖，一手挟香烟，悠然安坐。烟自顾自地燃着，血有失汹涌地淌着，等着他去拿唇相就。

他绝非自然造物。他是浴着化工废水、长有金属骨骼、血管里流淌黑油的异种，在最原始欲望的驱动下，靠化足的古怪胸鳍行走上岸。

我不敢眨眼，直直盯着那颗无鳞的光头。没有头发的遮蔽，头骨显得嶙峋而赤裸，鲜明地支棱在皮下，后脑上光影崎岖。

亮色火花开败，发光器在黑暗中曳出一道光线行迹。是时，世间万物一齐轰然大响，腥风席卷，火线似蛇信。

"莫过来！"我直往后顿屁股，后背紧贴蹦床铁架，惊觉自己已是笼中兽。

"原来你这么怕人，我还以为你胆子很大。"鮟鱇暗中含笑，充满快意地舔食恐惧。

"我问你,梁译晗呢?"

"他走了。"橘红光点一滞。

"不可能。"我把伞支在身前,企图阻隔这污沼中爬出的怪物,"他人在哪?你把他怎么样了?"

"他真的走了。"鲛鱇的笑鱼腥满溢,"他跟我说,你掌握了什么关键证据,要把我捉进去关呢。我倒想看看,你找到了什么玩意?"

"不,"我说,"不可能。"

"我想也不可能,"伞尖一沉,蛮兽的力道重重压下,"这么多年,还能找到什么证据?"

"伞会坏的。"我猛地一抽,伞柄牢牢卡进合围的铁丝网里。

"伞?"鱼颚大张,巨口猛嗫棒骨,烟血未涸,蓝白色深海烟雾迷离喷涌,模糊发光器的行动轨迹。

"不是!"伞还是拔不出来。

"那倒怪了,今晚落雨么?"鲛鱇伏身垂嗅,一触到伞上,身子就僵住了,声气也冷了,"你在哪里找到的?"

手机,还有手机。我一言不发地摸进衣物里找寻。

头发被拉扯,四肢倾翻,拖行在网格状的弹簧布面上。这是猎杀前即兴的热身游戏,在这深入内陆的斗兽场里,深海鲛鱇踌躇满志,预备迎接一场毫无悬念的输赢。一双手滑溜如鱼鳍,伸入怀中胡乱摸索,抢出手机,使劲往沙坑里一掼,摔出瓜熟蒂落的闷响。

"修那么长的头发给谁看?"头发被抓散了,拂在面上,又一点点拢到头顶,细细爬梳整齐。

我大声尖叫,手脚乱抓,企图以声音叫他畏惧。

一个巴掌在颊边暴响,打得我晕头转向。

这一巴掌把我打哑了,再怎么叫喊喉咙里也只呜呜噜噜地响。我想自己总不至于挨了一耳光就窝囊得要哭,又强挣起来,发丝迷眼,地转天旋。虚空中两手乱抓乱挠,双脚乱蹬乱踢,却无法命中哪怕一个目标。

玩够了,又将我的脸板正,问道:"听清楚我提的问题了吗?你在哪里找到这伞的?"

"就……就在这里找到的。"我吃力地说,嘴里像有火在燎着。

"这里是哪里?"他问。

"就是,滑梯上头。"

见我沉默,鱼嘴猛吸一口,烟伤愈新,发光器直直地戳下,按在我胸口。

横冲直撞一条仔鱼滚到面前,身上一轻,鲅鱇飞跌出去,在蹦床上水球般弹跳,发光器不知抛向何处。仔鱼口中胡乱啐泡,身上拖一道暗色湿线条。

"你流血了?"我触上他的脊背,摸到烫手的红。

"快跑。"他小声说,"快跑。"

我直直摔下沙坑,在干瘪的塑料球和硌手的沙砾间胡乱摸索,一找到手机,便头也不回地奔向铁架脊椎楼梯,"蹬蹬蹬"

地冲上天台。

蓝玻璃窗后,独悬一轮白月,光彩似骨瓷。

手机打不开,屏幕黑得映出我的脸。

楼下传来一声重击,弹簧齐响,音波震动。

余波未平,水深之处再次传响,几声粗粝的低咳。抽惯了烟的嗓子重新松快,送出笑,说,"等你藏好。"

"就跟杀鸡一样,莫多想。"王婆子说,以手掌做出劈砍的动作,"就这一下,就完了。"

她那木讷的蠢儿把菜刀浸到一摊血水里泡了又泡。刀面上滴滴答答,沾满了红粒子跟红条子,层层叠叠,像新婚的红烛融在了上边。

"莫多想,莫多想,莫多想……"于是,她的蠢儿就顺着她的话一直念下去。

王婆子并不放心。他们并不晓得道士说的黑狗血、公鸡血是不是真的管用,假如管用——鬼,杀了就杀了,还有一个人,怎么办呢?本来可以独占那一份嫁妆,长生又怎么愿意分呢?

她正想,柴房的门被敲响了。

长生畏手畏脚地走进来了。他身子先进房里来,头还在外边,望着,确认四下无人才完全地进到门里来。

"哟,新郎官儿来了,你来这里做什么?"王婆子挖苦道。

"哎哟,好婆婆,我跟她待在一起,心里头瘆得慌。"

"有什么事好怕呢,马上你们就是一屋里人了。"

"是的呢，我们马上就成一屋人了。"长生谄媚道。

高大器霍霍地磨着刀，闻言从鼻子里出了一口冷气。

"哪个跟你是一屋人？"

"我们不一直都是一屋人？"长生遥遥地往院子门口一指，"屋里对联都是我写的。"

"一屋人不说两家话，跟你嫡亲的舅母说说，你在想什么心思？"

长生眼珠子咕噜噜一转，把嘴巴凑到王婆子长毛的耳边叽叽咕咕说了一阵。

院子外，凸嘴和大师傅百无聊赖地，一人坐着一个木箱子。

"老婆婆把她外甥女伢的嫁妆翻了个遍呢。"

"是呢，手上还多了个白玉的镯子。"

"那新姑娘，真的是她的外甥女伢么？"

"要真的是，怎么以往有见过呢？"

他们再想：要不是——怎么安心把这么贵重的嫁妆放在高家屋里呢？

"镇上接媳妇，条件再好，屋里也不过就搞个'四盆四碗'，鱼丸子鱼，肉丸子肉，跟江那头——这一比，哪里上得了台面。"大师傅摇头叹气，新姑娘娘屋的伙计把厨房霸占了，叫他成了个闲人。

"世道就是这样，不同人不同命。"凸嘴嗑着不晓得从哪里抓来的一把瓜子，黑白的瓜子壳在两瓣凸嘴片片间翻飞，"老话说的是没错。"

他全然忘了自己说过新姑娘是邪祟的话。大师傅也忘记了道士是谁请来的，他们还嫌他在屋里碍事，说本来就放了些箱子匣子，位置不大了，屋里还要多个人，活见鬼，哪个晓得他手脚干不干净呢。他们都忘记了一些事，以及忘记本身。

白玉镯子戴到手上的第二天一早，也就是结亲的当天，王婆子在厨房摔断了手。进门口处湿滑得有如地上铺的不是地砖而是一条圆溜溜的鲇鱼，把王婆子的老骨头一摔成两截，小臂整个地肿起来。那白玉镯子就紧紧箍在腕口，勒得胳膊整个地黑紫起来。

"把镯子磕碎就是。"二姑娘说。

"上好的羊脂白玉——磕不得！"王婆子抢着说，顾不得手痛。

"要玉还是要手？"道士问。

"老娘都要！哪个敢摔老娘的镯子？"

于是任她肿，任她痛，任她从主事的位置上退了下来，安心坐在厅里等新人奉茶。

凸嘴跟大师傅又躲在人群里，叽叽咕咕地讲小话。"新婚当天就摔断骨头，这门亲怕是结得不祥。"这一番话似乎勾起二人脑中一些难以捕捉的隐秘回忆，但他们很快又被桌上的瓜子花生、各式糕点转移了注意，把顾虑抛到了脑后。

王婆子强忍着疼痛，端坐在高堂上，右手臂把袖管塞得满满当当。牵婆把新媳妇引进门来——老话说，姑不牵嫂不送。放在以往，镇上再没有比她王婆子更合适的人选。牵婆一般是乡里公认的有福气的老嫂子：要能生儿伢，要能操持家务，要为人泼辣，要会说吉利话。镇上的女人要是谁当了牵婆，谁就面上有光。王婆子在镇上的声誉也不是只靠独身支撑酒家赚来，她是远近闻名的牵婆，人都说，哪家的新媳妇要是不由她领进门，就相当于白结一回亲。

不过，今天的亲本来也相当于白结，她想。隔着袖管又摸到白玉镯子上去。

新媳妇罩着盖头进了门。长生呆立在厅里。他脸色灰白，不似活人。在座的宾客都为他难受：新婚大喜的日子，看见美娇娘进了门，竟还一副要死不活的相儿，烂泥扶不上墙。他们一边替他难受，一边在心里犯嘀咕：怎么新郎官儿变成李长生？原本听说是高家的新媳妇，现在成了李家的，岂不怪哉？不过新郎官儿是哪个不影响他们喝酒吃席，往后新媳妇跟哪个困一张床也不与他们相干，不如闷头吃回本，再把热闹看够。

奉茶的时候，王婆子的右手几乎端不稳茶盏，二姑娘抢身上前，把茶水喂到她嘴边。

红盖头之下，一张阴森森的笑脸撞进她眼里，吓得她挥动那只肿胀的胳膊，将茶盏打翻在地。

虽然有些小插曲，但无伤大雅，最终还是礼成。

王婆子抚着自己麻木的胳膊，心中涌起一股无法言说的恐惧，跌断胳膊所引发的死亡联想致使她看见了一个无法抵达的未来：高家的香火能够有所传承，最好是由一个和自己一模一样的女人——这希望实属渺茫，她这样的女人哪里去找第二个！

"喝了交杯茶，富贵与荣华！喝了交杯酒，明儿会养伢！"

牵婆的祝词念完，在座的人轰地笑开了。王婆子以为这词不够好也不够雅，又想到结婚的二人，也就随它去了。

礼已成，该开席了。新媳妇却突然叫停他们，说客还未到齐。

在座的心里都有意见：好不容易等到吃饭了，怎么还要等？一群小伢等得心焦，自告奋勇地说要去门口接客，结果刚出门又一窝蜂地跑回来。

"有鱼！鱼！好大的鱼！"

"还有吃酒就昏了头……"几个坐在院里的宾客正预备取笑他们，却见一个个庞大的鱼头自江边水面鱼贯而出，随着步行上岸的动作，鱼头以下的人身也露出水面。从服饰来看，鱼人们有男有女，且无一不穿着体面。他们迈着相同的步伐，腰身款摆，有序地进入到酒家大堂里。

就这样，鱼人们混进了已经稳坐的人群当中，引发了不小的骚乱。王婆子见到这景象，头脑发昏，差点从高堂之上栽下来——多亏了新媳妇，她当场将禁锢王婆子已久的白玉镯砸了个粉碎，将她舅母的胳膊抢救了出来。

长生面如纸灰，他也不晓得自己是怎么了，身上冷一阵又热一阵，尤其是看见一群鱼头人身的怪物走到他面前，他几乎要昏厥过去。

几条花色锦鲤模样的鱼人抓住长生，竟口吐人言，欢叫起来："新人入洞房！新人入洞房！"

221

长生惊恐欲逃，回头就见二姑娘幽怨地看着他，问："怎么，你不愿意？"

"钟永斌！你怎么还不来找我？"我颤声大叫起来。

"你好大胆子！"

鲛鳙扭摆尾鳍，直扑天台，金属牙膛弹颤，开启嗜血的猎杀机括。见状，我即从天台一侧的滑梯滑了下去。

鲛鳙飞身扑咬，椒形利齿钩住了我的连帽衫外套——如果没有楼梯扶手半路拦截，他早就从近五米高的天台重重栽下。

我迅速拉开拉链，蜕皮般将外套脱下，快速滑到沙坑底。

"梁译晗，你怎么样？"

"你还有闲工夫关心他？等着吧，马上就到你！"鲛鳙发狠地啃着楼梯护栏，嚼甘蔗一样，发出令人牙酸的声响，"你马上就会跪着求老子，求老子给你个痛快！"

"做你妈的梦，老秃瓢。"我骂道。楚洲人惯用的语言体系开始在体内苏醒。

楼梯上的怪鱼一愣，随即一阵黑色旋风样从楼梯上卷下来，巨口中发出腥臭嘶吼："你敢骂你老子？"

我几步冲上滑梯滑道，半蹲在鱼肠拐弯处，与他对峙。"我老子早死了，你要不要去陪他？"

他暴怒扑窜，我立即登顶天台，二人游戏似的无限拉扯。鱼怪变异的胸鳍上，颇为滑稽地套着两只中年人情有独钟的皮鞋，在金属滑道上频频打滑，大大拖延了他攀爬的时间。

"下来!"鱼怪蹲踞在滑道中途,光皮下的脑筋终于想转过来,发觉自己受到了戏弄。

"你下去!"我一边回他,一边掏空心思抢救手机,在关机键上按了又按。

"你爱玩?你要跟老子玩,是吧?"

奶白的骨瓷月,透过楼梯层层的拐角,曲折地映在那张奇丑无比的鱼脸上,一时间,鬼祟的横纹和阴险的竖道遍布,五官深藏阴影荆丛后,动静难以捉摸,情绪无从揣测。

我惊异地觑着这丑鱼,一时猜不透他要做什么。

怪鱼庞大的身躯突然弹跳起来,其意却不在跃高,反而重重下顿,企图利用自身重量,压垮儿童滑梯。

"我就该放一把火,烧死你们两个小货!"

"烧啊!只要你不怕事闹大!不怕当年水泥厂的事情叫人晓得!"

"你果然晓得水泥厂的事!"

鱼目猩红,鱼颚大裂。跳了一次,两次,天台也随之震颤,满目灰挂流转如流苏。

我浑身冒汗,一边狂按手机一边四处乱瞟,想寻一个趁手的武器。

螺帽开始松动。整个金属结构开始变形,并发出咿咿呀呀的巨响,好似老建筑沉郁的夜半歌吟,怀念着往日儿孙绕膝的美好光景。

一不做二不休。我站在铁架脊椎上,跟他面对面地跳起来。

楼梯的镂空结构相比滑梯更易受腐蚀。我跳了不到两下，楼梯开始摇晃，歪仄，眼见整副鱼骨就要散架。

我跳得愈发起劲，跳着跳着就放声大笑起来。

"你笑什么？臭婊子！你从小没老子教是不是？"光脑壳怪鱼骂道。

楼梯的扶手开始松动。我坐上天台边沿，用力向下跺脚，铁屑似雨点簌簌落下。

"你管老娘笑什么？我笑你没头发！笑你混得栽！笑你这多年还只窝在楚洲当王八！"

光脑壳怪鱼气得要发疯，胸鳍的脚步也狂乱了。

"你再多说一句！"

"多说一句？我多说一百句！你以为我怕吗？"脊椎整个脱落，我用力一踢，它便劈头盖脸朝滑梯砸过去，同弯曲的鱼肠绞缠在一起。

鱼肠变形严重，几乎患上肠套叠。衔接处的螺钉纷纷崩落，噼里啪啦如街头炸米花，唯有一个螺丝硕果仅存，纹丝不动。

光脑壳怪鱼利用湿黏的尾鳍，紧扒在螺旋状的滑梯一侧，贼心不死地匍匐向上。受制于底部沙坑的狭小空间，滑梯扭转的角度十分有限，鱼怪爬过前方的拐弯，就可以重新进入滑道，顺着扶手再向上，前方就是坦途。

我环视一圈，视线最终落在角落的那个鱼形木马上。

又要对不住你了，邹易。

洞房时分，长生叫人押住两臂，似厌学孩童，直往后顿屁股——"今日不行！我头痛！唉！唉！""头回当新郎官儿！他还客气上了！"宾客大笑，鱼人快活。长生想要大叫：睁大眼看看！你们未必都觉察不出不对劲？那分明不是人，不是什么江那头的娘家亲戚！

他们都叫喜气冲昏了头脑，笑意昏庸，神志愈懒，未饮先醉，只顾大口嚼食渔产，啜饮泥浆浊酒；又同鱼头人身的怪物们推杯换盏，祝贺一对新人永结同心。

你们未必都看不出！满院的嫁妆，散发堕落香气，阴腐似祭品；忙前忙后的新媳妇家的伙计，动作僵直，笑面一成不变如纸人；新娘盖头鲜红，沉滞不见起伏，若枯霞死光，涸血残躯。死亡意象铺陈，暮气妖花蓊郁，檐下无常低笑，身后生门落锁，再无退路可言。

你们未必都能视而不见么？

"长生，新姑爷！往后我们都要仰仗你，跟着你沾光！"

长生醒悟过来，自己像个女伢家一样，叫人卖了！

新房大门徐徐开启，洞开一个大红天地。

门后典籍林立，书城森严，文武百官皆缄口，后宫佳丽尽翘首。简铠牍甲，丝衣帛袍，砚台如盾笔如戟，涸墨作血染龙榻，仪仗铺陈至渔人泥脚之下；珠词金句，纨诗绮文，楷之丰姿，隶之古韵，行之洒落，草之飘逸，百态千姿尽入书生短视之目。

长生心神俱动，闷头扑入护城字河，化作金鳞蛮鱼，贪婪吞食儿歌童谣、《三字经》、《弟子规》，大肆扑咬五言绝句、七言律诗。文海拥挤，泅鱼扑窜，头尾长短不一似曲词，模样呆傻雷同如八股，浊泡稠密，鮑作腥酸气、迂腐臭。

血斑龙门，咫尺登极。门下波浪滔天，大小黄鲤会集，凡鱼絮语齐发，忽而金鳞奔突，撞散黄云，振尾一跃，登门化龙。一时风雨大作，天火燎烧，大河咆哮，书城城门大开，四书五经皆仆倒，三宫六院尽钦附，真龙降世，庸物俯首，绿叶托红花，众星拱明月。

长生登位，执笔挥毫，收千钟粟，筑黄金屋，独不见颜如玉。

真龙化莽兽，钻入书城游弋。初见一年轻女子，对镜梳妆，描眉画眼，唇微翘，似鹁鸪，黠且怜，身形一闪即过，仿佛消遁镜中。再寻，见一身形臃肿的妇人，携幼子，怀抱婴孩，穿堂而过，径直奔向窗台，如云絮飘落。莽兽大倒胃口，兴味阑珊，回宫途中兜兜转转，又见张灯结彩，霞垂彩幔，遂循迹而至。喜被间银丝纷飞，红绸漫卷，干瘦老妪端坐，十指如锈耙，频频摸入褴褛衣衫之间，搔痒捉蚤，额顶脱发如染癣的畜生掉毛。

莽兽大惊，即转怒，獠牙扑张，生生撕裂老妪皮囊。肌理干燥如蛇蜕，触之湮灭，摇摆脱出一肉胎，滑颤如红鲤，落地膨大作一人形胚芽，初具头身，再生手脚，转瞬抽条成妙龄少女。女子身形飘忽，笑容诡秘，生得面熟。

兽生疑，逡巡不前。

女子伸出一手，口中啧啧有声，似唤狗。

兽行趋近，女子笑愈深。兽止步，少女暴起，身段扑窜如蟒，单臂飞绞兽颈，另一手以污血点额。莽兽痛叫转作絮絮鱼语，长生惊觉金鳞遗失，自己已退为黑额黄鲤一尾。

黄鲤慌忙遁逃，没入部首偏旁的浅塘，女部秽字如水下恶鬼，荤言腥语一路撕扯抓咬，大抵是些骂娘们的词，倒未必叫长生十分受辱。又入渔家酒肆，遇一貌美厨娘，与鱼胎女子生得别无二致。厨娘边与酒客调笑，边从池中捉出江鲤砍杀，落刀轻巧似击磬，听取砧板声声，鱼血腥臭，挥之不去。黄鲤悚然，谓之野蛮毒妇。再入宝刹，见青灯古佛，烛火明灭，两道倩影盘踞梁上。"馨姐，来了个怪家伙……""这浊物一身腥，扰了佛门清净，久留不得，快些打出去！""不急，我这就来捉，抠出肚肠给你做花肥！"

黄鲤欲逃，为时已晚，满目怨毒的红粉骷髅杀来——仍是鱼胎女子模样，万般皆是她，女人都是一张脸！

……

在婚房柜子里藏了一天的大器，终于等到后半夜静悄无人的时候——也便是他娘给他说的完成任务的时间，举着被血水浆洗过的菜刀，走出了柜门。

穿婚服的新媳妇，一言不发地端坐在床头，等着人掀盖头。

大器想也不想，如他娘以手掌做出劈砍的动作，迅速手起刀落。

他没有注意到，那新媳妇婚服袖管里的右手臂——似乎出奇地大。

面施红妆的二姑娘出现在门口,大声叫嚷:"杀人啦!杀人啦!"

此时,与鱼人醉在一起的宾客们也都醒了酒,闻声寻来。粗壮如熊的汉子抱着被自己劈作两半的亲娘大哭,滔滔地号着,鲜血汩汩地在宾客们脚下汹涌。

一身婚服的长生大梦初醒,浑浑噩噩中趁乱出逃。门外四处是浓得化不开的黑雾,怎么也走不出,转来转去还是看见小院门口的两盏红灯笼。再走,鞋袜尽湿,婚服褪色,一汪墨泽濡濡赤目。长生遁回高家,只见高烛银灯依旧,桌席空荡,满座宾客皆无影踪,盘内珍馐化蛇虫,金玉变石砖,婚箱成棺木。长生心惊胆战地掀开棺盖一角,只见腥潮翻涌,鱼头攒涌。

长生惊叫。

"吵死了!鬼叫什么?"

他这才发觉莽汉和两半老太太还在,新媳妇也还在。

"高大器,我能把你娘复原,你愿意跟我走吗?"

粗壮的汉子懵懂地点点头,说:"只要你把我娘复原。"说罢,他脖子以上也长出一个黑青色鱼头,支出两根长须。

被劈作两半的王婆子也粘合起来,只留了一道疤。她摸着蠢儿子的鱼脸,哎哟哎哟地叫唤。

"你……你究竟是个什么东西?"长生问。

"我是小翠,你不认得?"

"小翠!冤有头债有主,你该去找大师傅!我并未害过你!"

"我还是汪晴。"

"汪晴？我不认得什么……"

"我是江女。"

他再看她，看见蚌壳的面、鱼骨的齿、藻荇的发、河珠的眼。

"你是鬼！"

"你是庸人。"她大笑，出一指轻点他额头。

长生两眼翻白，仰面倒入一具挤满黑额黄鲤的棺木。

院外水声大噪，呈合围之势。

大器化的鲇鱼从他老娘怀里挣脱出来，不管不顾地一头扎进半空。王婆子跌坐在地上，肿胀的手里还攥着半根鱼须。

二姑娘两臂用力一抻，华服鳞片般脱落。鱼首硕大如狮头，红纱背鳍徐展如翼，鱼尾阔大浮载青云。身侧骨棘流转，如某种精密而优美的仪器，适时调整，预备好了下一次飞行。

一条浮在无水空中的红色大鱼，摆头振尾，纵跃而出。

一条红色的大鱼，自天台纵跃而出。

滑道粼粼，遍布银河漩涡，飞溅星尘水雾，骨瓷碎作琉璃月，世相大亮，万物空明。

大鱼缄默，鲸梦磅礴，鱼怪躲闪不及，迎面撞上，铜头铁额也碎作深海鱼冻。鱼冻晃颤，疾速下坠，浴血的大鱼紧随其后，穷追不舍，大有赶尽杀绝之势，将猎物驱至铁笼尽头。铁网上的旧伞严阵以待，将涂满复仇毒素、森严如荆刺的伞尖狠狠钉入了鱼怪的胸膛。

天台之下一片狼藉。

"梁译晗,你还好吗?"

"唔嗯。"角落里传来一声微弱的回应。

我浑身瘫软,垂腿而坐。

月影隐去,鲸鸣呜咽,窗外落起了大雨。一盏红而蓝的灯破开雨幕,如两尾光彩奇异的鱼,游戏似的在空中盘旋翻滚,从遥远的天边直游过来。

雨水激起灰尘气味,似书页中的旧日笔迹,勾起了我对楚洲的初始记忆。

也是一个雨夜,母亲领着我回到镇上来。长途巴士行迹诡秘颇似多足节肢动物,层层铁甲套叠,蠕行时喀拉作响。一路颠簸不断,有如躁郁的妇人推晃摇篮,蜈蚣摇篮如活物,泅游于大地之母情绪的乱流暗潮。

口器开合,我们下车。灰尘气息湿润,混杂鱼臭潮腥,异色的霉菌四处开花。天幕筛下葡萄色雨点,光弹圆润,噼里啪啦迎头砸下,浆汁水花伸出细蔓小枝的根系,把我们染成小镇的颜色。

母亲的眼睛也在下雨。

她牵起我,鼓起勇气,一头扎进久违的故乡的夜里。在我的印象中,母亲似乎全程都没有说话,两道闪亮的水痕,长短不一,自下而上刺入她的眼眶,刺得她双目鲜红。那时我已经长得和母亲一般高了,是她最费心争取来的一件大件行李。

她拽着我,又半倚着我,深一脚浅一脚地踩在积水的街面,像全盲又半瘫的人拄拐疾走。

"妈,江边好像有个人影。"

行进中,本以为话语会被雨声淹没,可母亲分明又抬起头,茫然地向水天相接的那一线望去,随即,像有所预感般将手掌罩在我眼前。

晚了。

着墨极淡的一笔,只一闪,不见了。

我们在镇上住下了。

二十　永归

楚洲旧街关下有个道观，名叫仙姑堂，主事的是个穿黑褂戴黑帽的花脸婆婆。

我说："您帮我看看鱼吧。"

"看鱼？什么鱼？"

我的鱼不说话。

花脸婆婆左看右看，最后连人带鱼把我们请了出去。

"还有个问题要问，"我强撑着门没走，说，"青莲寺，您晓得吧？"

"晓得是晓得，那是庙啊。"

"庙里是不是收养过一个女伢？"

"嗯，问这做什么？"

"我想回庙里去看看她。"

"人都不在了，有什么好看。"

"看看庙也行。"

"怎么想着问我？"

"听人说您在寺里修行过。"

"哦,是,是在那里做过。"婆婆让开门,又看看我的鱼,"还不回去,你还在这里做什么?"

"这鱼……"

"鱼。"婆婆抓起一把花生放到我手里,"以往旧街上的老人有个说法。"

"什么说法?"

"说,人死了就变成鱼,回到岸上来看屋里人最后一眼。"

我看向鱼。

"好了,你看也看了,早该回去了。"婆婆冷眼觑着它,"耽误这么长时间,鱼还冇当够?"

梦中趸船余烬未熄,船只骨架漆黑,流淌工业残血,无休止地送出灼热气浪,将水天蒸烤得一派鱼腥。

我泅在近岸浅水中,手脚扑腾,半分也无法靠近。

目睹那场火灾以后,我连续几天高烧不退,整晚梦呓号哭。父亲实在受不了,从家里搬了出去。

神昏,谵语,谐妄,病痛的鱼颚扑张向残梦,撑破白腹,绽裂出半消化的铅字,翻身咳喘的激烈搏斗,掺杂涕泪痰液的水花肆流,鼻塞阻室的水下缺氧,失温发烧的畏寒出热,自虐自残的鳍印鳞迹。满目水汽,盈耳鬼语。

"你记不记得你四岁那年,也跟现在一样?"

"那年我和你爸带你去了江边。"

"你说岸边有个东西,很臭。"

233

"那是……"

江水滔滔呼唤。我自长梦中惊醒，热汗淋漓。

扳开窗户，江潮涌进屋内，将我脚不沾地拉入怀中，房间的吊灯吱呀作响。

"走吧走吧。"

"走吧。"

江水褪下我累赘的衣物，纾解我病体的热痛，还我死亡一样的安宁。

这是我笔下的结局。

她提着我走到江边，脸还未大好，高高地肿着。

"伞，伞还了。"她说，"伞背面，有个血指印——你以往打伞的时候从来都不抬头看么？还是你看了，才想着要把伞藏起来？总之，我要替梁译晗谢谢你。"

我微微摇动鱼尾，新鳍随之震颤。

"垃圾厂修不成了，说是离江太近。有些事，只有做过才晓得它有意义。"

这女伢生得面善，说话也好听。

她是谁来着？

托住我肚腹的双手，缓缓松开了。

她哭了。

我想起来了——鱼摊老板哼着一曲《茉莉花》，将连着鱼鳍的银钩生生扯下，有人一见我，五官先我一步疼痛起来。也是她，也是这样的泪眼。

我跌进金光融融的一江水里。

隔着水,她立在岸边对我挥手。

"再见,在江那头。"她说。

再见。

附录

江　潮[1]

（一）

起初，江潮是个没有名字的小伢。

她自小长在船上，长在江边，所以，镇上人都管她叫"江女伢"。

"江女伢，你姆妈到哪里去啦？"人们总这样笑着问她。

"到水里去了。"她说，"她到江底的龙宫享福去了。"

"她去龙宫享福不带你啊？"

"死了的人才能去呢。""江女伢"瞪大了眼，好像在说：你连这个都不懂，还要问？

"你倒是会想。"老一辈的人说。

"江女伢"不太晓得"会想"是怎样的一种夸奖。

这一天，又有人问了她相同的问题。

"到江底龙宫享福去了。"她说。

"哪儿有龙宫呢？"那人又问。

她从一本翻烂的连环画里抬起头，那上头画的正是沉香劈

---

[1] 首发于《长江丛刊》2022年12月上旬。

山救母的故事。

"水底下有。"她说。

"你怎么晓得有？你用你自个儿的两只眼睛看到过？"

江上灼灼的日头，耀细了她的眼——又分明看见同喧闹水面一齐闪亮的还有一颗汗涔涔的脑袋。

那脑袋刮得只剩寸毛，绒绒的头发梢子上油润地挂着一层太阳光。

"我看到过。"江女伢笃定地说，"用我自个的眼睛看到过。"

"怕是在梦里看过。"毛脑袋嘲笑她。

"不是做梦。"

毛脑袋一下子矮下来——他蹲下身，伸长脖颈去够书皮，头发上的光坠下来，坠成额角上一个个小太阳。

江女伢这才把他看清了：一张白净得不像镇上人的脸，板正地框在镇一中短袖校服蓝白条的衣领里。

"你是一中的学生？"江女伢笑起来。

毛脑袋不回话，也不回她的笑："大人们编来骗小孩儿的故事，你也信？"

"是真的，就在这水底下，我带你去。"

毛脑袋摇摇毛脑袋，小太阳一个个跌下来，摔成一个个泥点儿——他兴致缺缺地转过身去，只听见背后"扑通"一声。

连环画还摊在地上，江风哗哗地翻动纸页，画上凤眼粉腮的少年怒目圆睁，手执短斧，威风凛凛。

毛脑袋呆愣在原地。

水面粼粼地静下去。

毛脑袋不是镇上人。

半个月前,毛脑袋还不是毛脑袋的时候,他舅舅领着他敲开了楚洲镇第一中学校长办公室的大门。

等从办公室里出来,他就稀里糊涂地成了镇一中八年级四班的一名学生。

稀里糊涂,看着舅舅和一位不苟言笑的男老师握了手;稀里糊涂,换上了黑白拼色的校服;稀里糊涂,跟着男老师走到教室门口——转头发现舅舅不见了。

当天他回到外婆家里去,倚在门框边踢踢蹬蹬地小声跟母亲说:"我以为舅舅只是带我出门过早,结果他把我忘在学校了。"

母亲正坐在小马扎上剥莲子,闻言微微抬起头,又像找不见他了一样将脸别过去。"新学校,你喜欢吗?"

毛脑袋不说话,把脚上两只脏成水泥色的新球鞋送给她看。

"煤渣操场就是这样,"母亲从白生生的莲子间偷眼看他,"明天把鞋换了吧。"

毛脑袋一口气憋在胸口,在原地抽陀螺样滴溜溜转了几圈。

一把莲米塞进手心,他挨了烫样缩回手,青白的咕噜噜滚了一地。

毛脑袋之所以变成毛脑袋跟毛脑袋的名字有关。

毛脑袋名叫秦汀。当他在八年级四班的黑板上写下自己的名字时，一个声音，尖声怪气地用镇上的方言念出了这两个字："晴晴。"

从此秦汀就变成了"晴晴"。

"晴晴"不喜欢自己的新名字，分明女伢才叫这名字。他喜欢自己叫"秦汀"，是父亲给他起的，而今父亲不在了，他不能再把名字弄丢了。

同学们的玩笑半真半假——他们说："晴晴，你怎么生得比我们班上的姑娘伢还白？""晴晴，你妈带你去烫头了？你真爱俏。""晴晴，你这名字起得没一点儿错。"后来，他们在课间拦住他，用肩膀撞他。"晴晴，这是男厕所，"他们哄笑道，"你只能上女厕所。"

秦汀打破了他们其中一个人的鼻子，挨了处分，又是舅舅来把他领回去。

也就是那一天，秦汀成了毛脑袋。

"剃了吧，我都替你热，哪有男伢修这么长的头发？"镜子里的舅舅打量他。舅舅曾经在旧街当过几年剃头匠，替女人剪过发，也替男人修过面，后来理发店失火，铺子烧了个精光，什么也没剩下。所幸舅舅手艺还在，对付一个"晴晴"根本不在话下。

他点点头。

推子吱吱地掠过头皮，像爬过一只蝉，又痒又凉。

和母亲一样，浓密的自来卷的黑发，像鸟的羽毛一样扑扑簌簌地脱落了。

镜子里的秦汀成了毛脑袋。镜子里的毛脑袋滴滴答答地流下眼泪。

"男子汉大丈夫，哭什么哭？"舅舅粗糙的大手拍在毛脑袋上，"要跟同学搞好关系，晓不晓得？——影剧院过几天要开海洋展，正好学校的补课也快结束了，我手上有几张票，你把票拿上，约几个同学去看。"

毛脑袋不想看什么海洋展。他实在不明白，为什么父亲离开后一切都变了。而母亲，连悲伤也顾不上，鱼一样，匆匆地，一头扎进了生活的洪流。

他时常盯着母亲的额顶出神：母亲的头发越长越短似的，上个学的工夫，从齐腰到齐肩，又从齐肩到齐耳，他真害怕有一天母亲会成为一个光头。那蓬松的、蒙着虹色光晕的黑发也暗淡了，褪成老鼠尾巴的颜色，丝丝络络粘着汗液湿在颊边。

兴许是母亲开始工作了的缘故。

母亲早上出门前，他随口问道："我最喜欢你穿那件桃粉色的裙子，怎么再没见你穿过？"

母亲穿鞋的动作一滞，又自若地抬起头冲他微笑。

"颜色太艳了，上班穿不合适。"

母亲在镇上唯一的银行里上班，差事并不清闲，两人一天中可以共处的时间只有早上的这一餐饭而已。

他默默看着黑色制服里的母亲出了门，而后侧耳聆听——自行车的车铃声连缀成一串银豆子样的光点，在外婆家门前的青石板路上有节奏地跳跃，平稳远去。

母亲在什么样的地方工作呢？他从未去过，只从其他人嘴里听说，是个人人都愿意去的好位置。

"好位置"上的母亲？那她几时做回我的母亲？他脑子里冒出一个荒谬的念头：母亲成了流水线上量产的发条玩具，在外力催动下，机械地走向一个全然陌生的终点。

毛脑袋还不确定自己要不要去。他的发条坏了，去哪儿都要靠自己走。

日轮之下，江面一派金银俱融的祥和光景，对岸徐徐送来欲睡的风，吹凉了毛脑袋的一身热汗，他半蹲在水边，打了个冷战。

谭爹爹睡在香樟树下的一张破竹席上，久违地做了个好梦。他梦见自己吃上了关上胡子家一碗全乎的牛肉粉，正挑起米粉往嘴里送的时候，一只白色的狗爪掀翻了他的汤碗，粉汤淅淅沥沥泼了他满身满脸……

谭爹爹醒了。一只大白狗热忱地舔着他的脸，把他的白胡子也舔得湿乎乎的。

"落水了！有人落水了！"

拴在另一棵树荫下的几只花色矮脚狗也凑热闹似的狺狺吠起来。

"去，去。"谭爹爹揉开大白狗，吃力地撑起身。他看见一个初中生模样的毛脑袋小孩儿慌慌张张地从江边跑过来。

秦汀猛地止住步子，此刻他才把树底下的老头看清了——老人须发尽白，脸色黑红，膝盖以下没有腿，只有两截瘦得可怜的、棒槌样的肉色肢节从破破烂烂的毛边短裤下伸出来。

"落水的是什么人？"谭爹爹问。

秦汀摇摇头，转身就往街面上跑。

"是不是江女伢？她下水了？"

"是！"他头也不回，"我不太会游水哇！"

"莫慌！她闹着好玩的，过一会自个就上来了。"

也就在这时候，一个声音湿漉漉地、远远地笑着："你怎么不把我的书捡走？江上风大，都把它翻破了！"

秦汀转过身去。一大一小两个金亮的光点，直直地映在他黑色的眼珠里，几乎叫他眩晕了——大的那个是太阳，小的那个又是什么？

大白狗摇着尾巴迎上去，围着江女伢团团打转，差点把她绊倒了。

"给你。"江女伢把一个湿哒哒圆溜溜的东西放到秦汀手里。

秦汀摊开手，看到一颗白色的椭圆形珠子，足足有乒乓球大小，在他的掌心里散发出柔和的光泽。

"这是珍珠？"秦汀还没有见过这么大的珍珠。

大白狗也凑过来，围着这颗珠子左瞧右看。

"江女伢，你怎么把这玩意摸过来了？"谭爹爹的表情十分严肃。可他在说话时，胡子总是一抖一抖的，像有只白色的小狗在他下巴上摇尾巴。

"他不信这底下有龙宫，"江女伢边说边指指他的手心，"这下你该信了吧？"

"这不过是个大点的珠子，跟龙宫有什么关系？"秦汀将白珠子随手一抛，一旁的大白狗立刻跳了起来，张大嘴将珠子稳稳接住。

"于儿，不能吃！不能吃！"谭爹爹大喊，歪头佯装吐口水的样子以做示范，"呸！呸！快吐出来！"

江女伢把手伸到大白狗嘴边，它这才不情不愿地把沾满口水的珠子吐出来。

"这到底是个什么东西？"

"这是给水中亡灵引路的明灯，"谭爹爹煞有其事地说，"江里有一只蚌精，穷极一生才结出两颗珠子。原本她一心向道，潜心修炼，后来遇到鲤鱼精，二人做了一对神仙眷侣。无奈好景不长，祸从天降，鲤鱼精横死在鱼叉之下，成了水中亡魂。"

"再后来，"江女伢接话道，"龙宫门前就多了两盏灯——"

"等等，为什么？"

"因为好人们都住在龙宫里，"谭爹爹说，"蚌精怕心上人找不到去往龙宫的路，特意将饱含自己毕生心血的珠子镶在龙宫的门柱上，指引他前行。"

小小的江女伢点点头，高兴地说："是这样！我姆妈就住在那里！"

秦汀抓起白珠子，左看右看也看不出什么。"这样重要的珠子，就这样被你偷出来了？"他狐疑地问。

"我这是借，马上就还回去了。"江女伢认真地说，"这下你该信了吧？"

"快还回去！"谭爹爹正吃力地爬上一个小板车，于儿乖巧地把大脑袋伸过去，让他借力，"过几天就是七月半，江里的门要开了！"

"我只知道七月半要放河灯——没听说过什么门的事。"秦汀不相信蚌精的故事，认为谭爹爹和江女伢一定是合起伙来骗他。可珍珠——真真切切地捏在自己手里，这叫他犯糊涂了。"那龙宫长什么样？"

"是一座水晶宫殿，"江女伢将两臂展开，画出一个半圆形的轮廓，"比镇上的任何一栋房子都大，都高，都好看。"

秦汀犹犹豫豫地问："那么，你真的在那里见到你妈妈了？"

"远远地见到了，"江女伢说，"可姆妈认不出我。"

秦汀将珠子高高地举到眼前，看得入了神。

（二）

关上胡子家的牛肉粉，米粉雪白筋道，酱牛肉软烂入味，浇上浓郁滚烫的汤汁——最配隔壁婆婆家炸得干脆喷香的油条，再加一杯豆浆，或者一碗蛋酒，是镇上人对早餐的最高礼遇。

谭爹爹对胡子粉唯一不满的地方就在："胡子，你家粉分量太少了，小孩都能吃得一点儿不剩下。"胡子是个很傲气的老板。人们总是看到他穿一件松松垮垮的白背心，被络腮胡团团围困的瘪嘴里叼着积了半截烟灰的香烟，汗水淋漓地站在锅炉前忙活。"剩不下来是因为味道好，"胡子歪着嘴，从烟蒂和牙齿缝里把话挤出来，"你要吃，单地买一碗就是。"

胡子家牛肉粉的摊位对面，几只花色矮脚狗挤作一团，嘶嘶哈气，它们脖子上都拴着粗麻绳子，麻绳另一头捆在小板车上，小板车里坐着谭爹爹。谭爹爹岔开他不存在的脚，摔出一只土色的搪瓷碗，碗底零散地滚着几个硬币。"单地买一碗？"他高高扬起白绒绒的眉毛，黑豆眼瞪得圆滚滚的，说，"嗐！你嘴一张！钱来得倒是容易！"

一旁的于儿走上前来，它脖子上没系麻绳。于儿稳稳地衔住搪瓷碗碗沿，踱进吃粉的人群里，兜了一圈。时不时有硬币砸出几声空空的脆响。

"去！去！"胡子挥起汤勺，大声说，"别在我这儿现你这脏畜生！"

"于儿比镇上其余任何一条狗都干净。"谭爹爹说，招招手把于儿唤回身边，取下它嘴里的搪瓷碗，"我的于儿是银土松！土松晓得么？比那些洋狗子聪明一百倍！"

谭爹爹拈出碗里的硬币，摊在掌心里一枚一枚地数，又一枚一枚地往回放。

"哎，"一个穿花褂子留小胡子蟹青色面庞的中年人从摊上站起身，朝于儿扬了扬下巴，玩笑似的说道，"我请你吃粉，你把狗卖给我。"

"做梦。"谭爹爹气得胡子都抖搂起来，"于儿比他一个粉摊加起来都金贵！"

248

"谭爹爹，粉我请你吃。"秦汀说。他坐在摊上的人堆里犹豫了很久，于儿刚刚认出了他，亲亲热热地把爪子搭在他膝上，却被他赶走了。

"毛脑壳，是你！"谭爹爹高兴地指着他，"胡子，给我下碗牛肉粉！多给肉！这有个小兄弟愿意请我！"

于儿一头扎进人堆里，找到秦汀，用毛茸茸的大脑袋蹭他的手。

"边上吃去！"胡子头也不抬地说。

花褂子似乎对于儿很感兴趣，想摸摸它，可于儿不乐意，花褂子一伸手它就龇牙。

秦汀把牛肉粉送到小板车边。几只矮脚狗默不作声地候在一边，眼巴巴地看着谭爹爹哆哆嗦嗦地用筷子在一碗粉里挑牛肉。肉挑出来，往空中一抛："于儿！"于儿就知道这块肉归了它，大嘴一张，稳稳接住，吧唧吧唧吞进肚里。

接下来的名字是什么"花花""笨笨""小黑""旺旺"，都是极为普通的狗的名字。

"于儿为什么叫这个名字？"秦汀问。哪有狗叫"鱼儿"的呢？

谭爹爹将一碗粉翻了又翻，再找不出多余的一块肉了。"说了多给肉的呢。"他小声嘟囔，慢悠悠挑起一根米粉往白胡子里喂。

秦汀以为谭爹爹没听见，又问了一遍。

"于儿，是我儿子的名字。"他竖起一根枯树枝样的手指头，一笔一画地把"于儿"两个字写下,"于儿,是传说里水神的名字。这名儿太大,他没背住。"

秦汀不太明白什么叫"没背住"。他有别的话想问。

"谭爹爹,你也去过龙宫吗?"

"你什么时候把珠子还我呀?"

"放家里了,改天吧。"

秦汀没想到江女伢会带着于儿找到学校里来。他曾尝试将珠子浸在自家庭院的鱼池中,却无法让其重现初见时日光般的光彩。兴许是自己看错了,秦汀失落地想,这就是颗普通的珠子罢了。

"你为什么还在学校里?"江女伢问,他们一人一狗都湿淋淋的,想必刚从水里上岸,"别人都放假了。"

"我们在补课,"秦汀四处张望着,担心被人看见,"你不用补课吗?"

见江女伢不说话,秦汀又说:"你年纪还小,家里应该还不着急补课的事情。"

"我没去学校。"说这话时她将脸别了过去,十根手指头插在于儿的背毛里,细细梳着,于儿很享受地眯起眼睛。他俩把自己晾在大太阳底下晒着,一点一点蒸干水分,从他们的衣物和毛发上腾起了一股又一股白色的蒸汽。

秦汀垂下头去,眼见脚上的一双球鞋在煤渣操场上淘洗得灰黑发亮,他像大人一样叹了口气:"你想看海洋展吗?"

秦汀不记得上一回看海洋展是什么时候了。只记得那时候父亲还在，看展时将他高高地举过了头顶。"秦汀，你看，鲨鱼。"在回忆里父亲对他说。他循着父亲指的方向看过去，一具巨大且苍白的鲨鱼骨骼，用铁架支撑，固定在展厅中央。"江里有鲨鱼吗，爸爸？"父亲笑起来，说："江里没有鲨鱼，它们都住在海里。"谁知道鲨鱼会不会有一天从海里游过来呢，老师说过，江河湖海都是相通的。秦汀警惕地望着那一排排尖利的三角形牙齿，忧心忡忡地想。"爸爸，你游得过鲨鱼吗？"他问。"当然游得过，"父亲将他抱到怀里，"你担心爸爸游泳的时候遇到鲨鱼吗？"秦汀点点头。

那时的母亲，穿一件桃色连衣裙——是不是他最喜欢她穿的那一件？她孩子气十足地问："怎么尽是些骨头架子？他们拿肉做什么去了？秦汀，你瞧，这骨头比你啃得干净多了！"

回家之前，父亲给秦汀买了一个虎鲸的毛绒玩具。黑白配色的虎鲸头上顶着一个粉色的圆球，母亲拿剪刀小心翼翼地将圆球剪下来，并告诉秦汀动物表演的危害——听到虎鲸会被长时间地关在黑暗狭小的水箱里，小秦汀哭了起来。"不哭，不哭，秦汀……你是好孩子，"父亲说道，"你看，你看，爸爸也会颠球。"父亲把粉色毛球顶在脑门上，一下一下地颠动。秦汀笑起来，缠着父亲把球传给他。两人头顶头地玩了一阵。

"海里有鲨鱼，也会有虎鲸。"

"虎鲸不吃人？"

"虎鲸不吃人，它们甚至会救起落水的人类，将他们送回岸上。"

"像爸爸在做的事情一样?"

"嗯,就像爸爸一样。"

"我以后也要做像虎鲸一样的人。"

……

父亲没有在游泳的时候遇到鲨鱼。他只是遭遇了一场暴雨。因为贪玩落水的孩子被救了上来,他却永远没有了父亲。

谭爹爹那天说的话是什么意思呢?他望着眼前黄瘦的骨骼标本痴痴地想。他自以为还算是个头脑灵光的孩子,学习一科也不曾落下。

镇上的海洋展远不及他记忆里的那场规模大,展品也少得可怜。在影剧院大厅里办海洋展本来就是一件奇怪的事。他想,影剧院是用来看电影、看戏剧的,现在就像个水产市场。墙上随处可见晒得干巴扁平的鱼,或灰或白,挥舞着脱水的触须,摆动残缺的鳍尾,构成一幅陈旧失活的壁画;花色斑斓又大同小异的螺与贝,像俄罗斯套娃一样在展示柜里依次排开;几具大鱼的骨骼标本——形销骨立,污迹遍布,不似标本,倒像临了从菜市场搜罗来的,皮肉才卸下,腥臭也未散净。大厅拐角的柜台,原来卖汽水和爆米花,而今竟卖起海产品:可以入药的风干海马、加了哨子可以吹响的海螺、烤得焦黄的鱼片、珍珠饰品……白色的假人模特身上,还穿着一套老式的潜水衣。

"匙吻……鱼类……中国剑鱼……俗称为象鱼……"江女伢小声阅读着骨骼标本下的科普卡片。她认识的字并不多,遇上陌生的字就跳过，一段话读下来像小孩吃饼，碎的掉的远比吃进嘴里的多。"什么人给鱼起这样复杂的名字？"

"动物学家之类的人吧。"秦汀随口回道。

"可是鱼不知道自己叫什么名字，对不对？"她说，"就像你父母给你起名叫'秦汀'，但只有知道自己叫'秦汀'以后，你才是'秦汀'。"

"你把我绕糊涂了。"

展厅不许带宠物进来，于儿被拦在了门外。江女伢孤零零地站在一副大鱼的骨架前，渺小如被遗忘在深海里的一块饵食。"我要自己给自己起名。"

门外传来一声吃痛的吠叫。

"于儿！"江女伢冲出门去。秦汀跟在她身后，刚出展厅，迎面撞上了着急忙慌往里闯的舅舅。

"秦汀，你放学了？"舅舅顶着一张汗脸，根本不等他回答，风样旋进门去，"你先在外边等我。"

大概是海洋展上出了什么事。秦汀想，今天原本不归舅舅值班，不然他绝不敢带江女伢上影剧院来。

一丛色彩艳丽的热带植物从他眼前飘过。再看，那植物长在一件短袖衬衫上，花叶款摆，茁壮烂漫。秦汀钉在原地，欣赏着这份和海产市场相称的热带风情，直到一张蟹青色、呆滞如鱼样的脸拨开重重枝蔓，出现在他面前。

"你是秦汀？"青鱼脸问。

秦汀迟疑着，点了点头。他想起来了，这是关上胡子粉摊上见过的那个花褂子男人。

"快叫张叔叔,"舅舅又折返回来,汗脸上现出笑意,"海洋展就是这位张叔叔组织操办的。"

"张叔叔。"

"乖,"张叔叔戴金戒指的手拍在秦汀肩头,"鱼片吃不吃?等会我叫他们一样给你装一袋儿。"

舅舅冲他摇摇头,他也冲张叔叔摇摇头。

等大人们都进了展厅,他才后知后觉地发现,于儿和江女伢早就不见了踪影。

回家路上,舅舅给秦汀买了一个葱油面窝、一个炸薯圈,还有一杯豆腐脑。

"今晚不用给你妈留饭,"舅舅说,"她吃过了。"

秦汀"哦"了一声,一时不知该说些什么。

"快趁热吃,"舅舅催促他,"你拿在手里待会儿再晃掉了。"

他连忙将面窝塞进嘴里,嚼了半天尝不出滋味。

"舅舅,世界上有这么大的珍珠吗?"他将大拇指和食指圈出一个空心的圆,比了个"OK"的手势。

"你是不是听见什么了?"舅舅神情严肃起来,嗓门也大了,引得行人频频侧目,"谁告诉你的?"

"我没……"

"你说是听谁说的,我不怪你。"

"没听谁说,是课上老师给我们讲故事,故事里边有一颗珠子。"

"你这孩子。"舅舅叹了口气。

"是不是海洋展出什么事了?"

"丢东西了,"舅舅学秦汀的模样,也用大拇指和食指圈出一个空心的圆,"土鸡蛋大小的珍珠,放在仓库里,不见了。"

夜晚,秦汀躺在床上烙煎饼,越烙越心焦。他摸到枕头下,圆润的弧线在他手心里起伏,像握住了一枚质地坚实的小月亮。

"你喜欢张叔叔吗?"在咽下最后一口薯圈之前,舅舅问他,"就刚刚那个张叔叔?"

他噙着一口焦香甜糯的红薯,咀嚼的动作渐放迟缓,试图以此拖延时间,同时十万紧急地在舅舅胡碴疯长的大脸上搜寻答案。舅舅希冀怎样的回答?他慢吞吞地清空口中的食物,为话语寻找出空隙。

"不知道。"

"张叔叔,想跟我们在一起生活。"舅舅在臃肿的腹腔中搜肠刮肚地措辞,也在拖延时间读他的脸,"你愿意让他照顾你吗?"

秦汀隐隐觉得舅舅口中的"生活"除了吃饭上学以外还有更大的含义。照顾?我不需要谁照顾。他想。

"没想好也不要紧,"舅舅喃喃,"还有时间。"

"珠子没找到,张叔叔会生气吗?"

舅舅不说话,空气里似乎听得见他下巴上的胡碴吱吱冒头的声音。舅舅不喜欢刮胡子——虽然他曾是剃头匠,不晓得剃光过多少个人的脑袋和下巴,但舅舅的头发总是半长不长,胡子也任其生长。"你舅舅年轻的时候也潇洒得很呢。"外婆总说,"现在也就是胡子显老相,不至于讨不到老婆。"

"珠子会找到的。"舅舅揽住秦汀的肩膀,摇晃他,"到时候我们住到新城去,你妈就不用再上班了,你也能换个配塑胶跑道操场的学校。"又说,"我们还能去海边玩,海里边有鲨鱼——鲨鱼,你怕不怕?一口就能吞下你!"

鲨鱼。秦汀面前浮现出一张青灰色的阔鱼脸,露出森森利齿冲他微笑。

夜里,母亲依旧很晚才到家。

见他还未睡,母亲蜕皮般脱外衣的动作似乎受了惊扰,僵在原地。

"你要给我找个新爸爸吗?"

"不是那样。"母亲错开眼,强装镇静地继续蜕皮的动作,却被黑色制服外套钩住一只手,"你舅舅跟你讲的?"

"是怎么样呢?"

母亲沉浸在与外衣的缠斗中,无暇回答他。

"怎么样呢?"他流下眼泪。

(三)

于儿似乎跛了一只脚。

秦汀坐在江边,远远地看见于儿踽着三条腿,四处闻嗅,精神头很好,尾巴摇成花。想必谭爹爹就在附近。

那日他问老人,是否也去过龙宫。

"梦里见过。"老人说,"一次比一次看得清晰啦。"

"我也想去。"

"你去不了,你这样小的年纪。"

"江女伢比我小,她能去。"

"她水性好,学走路之前就学会游泳啦。"

"我不信,就没有其他人去过?"

"我的于儿去过。"老人说,"那时他跟你一般年纪。他和同伴打赌,看谁先游到那水下的宫殿去,最后是他赢了赌局。"

"骗子。"秦汀抡圆手臂,一道白而亮的弧砸进江面,不声不响地沉没了。

于儿兴奋地竖起三角耳,吐出粉舌,摆出玩耍的架势,三条腿闻声而动,忙不迭一头扎进水里,日影破碎,水花纷飞。

"于儿!"

回答他的只有哗啦啦的水声。

哗啦啦的水声,是江潮。是江女伢给自己起的新名字。她逢人便说,不许再叫我江女伢,我有新名字啦,我叫江潮,江潮。

"江潮,你姆妈到哪里去啦?"

"到水里去了。她变成了一条鱼,到江底的龙宫享福去啦。"

"她去龙宫享福不带你啊?"

"没有关系,往后我们一直在一起。这就是我给自己起名叫'江潮'的原因。"

母亲穿上了秦汀喜欢的桃粉色裙子，还在穿衣镜前把嘴巴涂成了淡淡的红。

"秦汀，你把这双球鞋换上。"舅舅的大手托出一个崭新的鞋盒。鞋盒张开大嘴，露出两颗雪白的大板牙。

"这鞋不耐脏，"秦汀小声嘟囔，"外边下雨了。"

"咱们有车，"舅舅剃掉了胡子，下巴上光不出溜的，"脏了也不要紧，脏了舅舅给你换新的。"

母亲一言不发，十根手指头拢在蓬松的短发中，胡乱地抓了抓。

"走吧，别让人等急了。"

"就来。"母亲惶惶地站在穿衣镜前，凝视着镜中人的脸，似乎在为该以一种怎样的姿态迎接新生活而伤脑筋。

临上车，母亲又用一张面纸擦去了嘴唇上的颜色。

"蚌精为了引导已逝的爱人走向归途，想要把自己辛苦结出的珠子镶在龙宫的门柱上。"谭爹爹说，"怎知龙王的儿子贪图她的美色，三番五次地前去骚扰，蚌精性情刚烈，誓死不从，龙王的儿子恼羞成怒，便趁机报复。

"他说，一颗珠子如何显出龙宫气派？凑得一双，方才体面。于是蚌精不吃不喝，花费了整整七七四十九天，终于结出了第二颗河珠。

"当河珠高嵌于门柱的那一日，蚌精早已积怨成疾，又因过度操劳，永远地闭上了眼睛。"

毫无缘由地，秦汀想起了这个关于河珠的故事。"江女伢不喜欢蚌精受人刁难的情节，她不愿意听这一段。"谭爹爹边吃米粉边絮叨，他吃得狼狈，白胡子上沾了酱色的粉汤，"她妈走得早，她是个苦命的女伢。"

秦汀的注意力重新回到饭桌上。张叔叔今天没有穿花褂子。一件跟脸皮同色的青灰色衬衣严丝合缝地缀在他身上，像一层光滑的鱼皮。

"我记得张哥老家在钟份，是不是？"舅舅笑得像只大猫，"我以前就在钟份上中学——跟现在的秦汀一个年纪。当年我可赶不上他，他像他妈，脑壳灵醒，是块读书的料。"

"秦汀是个好孩子，我晓得，"张叔叔说，"他还请老乞丐吃胡子粉哩。"

母亲在桌下握住他的手，小声问："哪一天的事？你自己有没有吃饱肚子？"

"生得也像他妈，"张叔叔的目光在秦汀和母亲脸上来回跳跃，"鼻子，眼睛，一模一样。"

"可别人都说我长得像爸爸。"秦汀说。

张叔叔皱着鼻子笑起来，像是胡子刺挠了他，那笑容显得有几分不情愿。他又问："秦汀，你喜欢弟弟还是妹妹？我看弟弟好，两个男伢玩得到一块去。"

"张叔叔，海洋展上丢的珠子找到了吗？"

"这孩子！吃饭的时候怎么说起这个！"舅舅猫一样的笑脸消失了，"张哥，你放心，珠子一定给你找见。"

259

"找不到就算了。"张叔叔说,"都是小数目。"

"那不行。"舅舅连连摇头,"一家人还明算账呢。"

"珠子是我拿的。"

"秦汀!你胡说什么!"此刻的舅舅变成了发怒的大猫。

"真的是我拿的。"秦汀说。

"真是你拿的?东西呢?"母亲着急地问,把他的手都捏疼了。

"秦汀,你是好孩子,别怕,不要紧。"张叔叔微笑说道,"珠子是假的,是为应付展览做的假货,根本就不是珍珠,是塑料,扔到水里都会浮起来。"

"浮起来。"秦汀喃喃,这是他在饭桌上说的最后一句话。

午后街面上,谭爹爹正仰头跟猪肉摊后围皮围裙的老板娘讨价还价,几只矮脚狗挤作一团呜呜地替他帮腔,远远望去是一丛风中摇颤的狗尾巴花。

狗群里不见于儿。秦汀用眼睛找了又找,一无所获。

"毛脑壳,"谭爹爹转头先看到他,"你跑什么?快回来!我称了几两肉!"

"怎么不见于儿呢?"秦汀硬着头皮问。

"于儿叫江女伢领走了,"谭爹爹不赶路的时候,就用手拄两块朱红的残砖,推动身下的小板车行进,"于儿伤了脚,你晓得这事么?我怀疑是那天在胡子粉摊上的花褂子男人要来抢于儿,才打伤它的。"

"江女伢呢？她在哪？"

"总不是江边几个地方，"谭爹爹的黑豆眼在白眉毛底下打量他，"明天就是七月半，珠子还回去了吧？"

"明天？"

"再不还，就会有鱼儿回不了家了。"谭爹爹说，"你只晓得七月半要放花灯，不晓得逝去的人会在那天回来，幻化成鱼的模样，在江面之下和放花灯的亲人隔水相望。鱼儿们必须赶在水面的花灯燃尽，龙宫的大门关闭之前回去，不然就会永久地留在鱼的躯壳里，逐渐遗忘岸上的亲人和过去。"

楚洲镇老街上，一个毛脑袋的少年在奋力奔跑。这孩子着急上哪去？树下乘凉的街坊都奇怪，连连摇动手中大象耳朵样的蒲扇。

他在江边的一家小诊所里找到了江潮。几个小孩正在诊所里打屁股针，痛得哇哇大哭。一只白色的大狗踮着三只脚挨个在他们周围兜转，摇尾耍宝，哭声立马止住了，比吃糖更见效。

"秦汀，你总算来了。你摸于儿的肚子，"江潮抓起秦汀的手，放在于儿肚子上，"是不是有个硬块？"

秦汀一摸，于儿毛茸茸的白肚皮下有个圆圆硬硬的凸起。一定是下水捡河珠时不小心给吞下肚了。

"医生怎么说？"

"他说治不了，说他是给人看病的，不是给狗看病的。"

"最近的宠物医院也要开车去，何况于儿的脚伤了，不能长时间走路。"

两人一狗坐在路边犯难时,一辆轿车停了下来。

车窗摇下,露出一张灰青色的鲨鱼的脸。是张叔叔。

"秦汀,你怎么坐在这儿?"

江潮拉了一下秦汀的衣角,在他耳边小声说:"他和那天拿石头扔于儿的人是一伙的。"

于儿是张叔叔打伤的?秦汀来不及多想,说:"张叔叔,你能送我们去宠物医院吗?"

"这不是老乞丐的狗吗?怎么跟你们在一起?"

"谭爹爹不是乞丐。"江潮说。

"行,上车吧。"

于儿在陌生的环境里很安静,老老实实地蜷坐在车座下。

"于儿的腿是怎么伤的?"

"这事怪我。"说话的是张叔叔,"我只想跟它打个招呼,于儿不喜欢我,冲我龇牙,你舅舅以为它要咬我呢。"

到了宠物医院,医生在于儿的白肚皮上摸了又摸,紧张得于儿直舔鼻子。

"得动手术。"医生宣判最终结论。

"手术?"

"放心,不用开刀,是小手术。"

于儿哀叫起来,尾巴紧紧夹在腿间,被推进手术室的路上频频回头望向两人。

"秦汀,手术费我刚刚交过了,叔叔还有点事,先走了。"张叔叔说。

"张叔叔,"秦汀犹豫地叫住他,两只耳朵通红,"谢谢你。"

"没事,"张叔叔说,鲨鱼脸上现出憨厚的笑意,"有事随时联系我。"

鲨鱼游走了。

"河珠在于儿肚子里吗?"江潮倚在窗边,太阳在她的脸畔落下了。

"对不起,"秦汀急急地说,"我们一定能赶在花灯燃尽前把河珠送回去的。"

"你没有对不起我,你只对不起于儿。"江潮别过脸,淡淡地说。

(四)

天色擦黑,只见一队矮脚狗在小镇的街头狂奔,宛如大团毛球在路面上耸动翻滚。狗群在疾速行进中,仍不忘低吼怪叫,玩闹嬉笑,漫不经心地拉动身后小板车在暗夜中飞驰,金属轮铮铮作响,曳出一路火光。

秦汀不是没有见过狗拉小板车的场面,但从未想过自己有一天也会坐到小板车上。"你俩坐我的小车走。"赶到宠物医院的谭爹爹大手一挥,"我在这儿守着我的于儿。"秦汀同江潮一前一后地蜷坐在板车上,他比江潮高,只能微微侧身,把视野让给身后紧抓缰绳的江潮——她控制着狗群前进的方向和速度。

除了自己怦怦的心跳,秦汀还听见大风呼呼地从发碴初生的脑门上刮过。

"你坐过谭爹爹的小板车?"他大声问。

"没有!"江潮高兴地回道。

小车拐进旧街,在油滑的青石板路上连连打滑。江潮勒紧缰绳,狗群不满撒欢的脚步受制,埋怨地直哼哼,但还是放缓了奔跑的脚步。

板车停靠,秦汀喘气如牛地跌坐在地上,抬头一看,竟是舅舅工作的影剧院。

"到这里来做什么?"

"你不是想亲眼看龙宫吗。"

穿老式潜水衣的假人模特在秦汀脑海里一闪而过。

小板车再次被拉动,狗群显得不太高兴,呜呜咿咿地骂起来,小短腿动得颇为吃力。穿上潜水衣的秦汀太重了。

远方江岸上影影绰绰,零星几点橘黄色的灯火在水面上闪烁。

江潮牵住秦汀的手,先行走下了岸边近水的石阶,神情自若得像是邀他回家里玩。面对一江墨色,他不由得心生惧怕:谁知道黑暗中有没有什么东西张着待饲的大口?兴许是鲨鱼……不,江里没有鲨鱼。

他迈出了步子。由于潜水服的重量,秦汀下沉得很快,却什么也看不清,江水是一片混浊的深绿,眼前偶有几道银鳞跃动,一闪而过。

越往下视野越暗,最终陷入一片浓黑,什么也看不见了。

不知道下沉了多久,眼前陡然大亮,像有人在黑色幕布上

"哧"地擦亮了一根火柴。

河珠耀目如炬,映得江底亮如白昼。江潮拨开一丛青绿水藻,惊扰起大片灰蓝色鱼群,鱼儿们穿针引线般在青荇中曲回辗转,转眼游窜四散。螺蚌虾蟹潜卧在软泥中,行迹难觅,唯有出露在外的坚壳闪着冷而硬的幽光。途经一具沉没的船骸——黑洞洞的船舱门户大敞,早已成了水生生物的乐园。

随二人行进,鱼群如云雾散去。一片浆绿中,隐隐显出水下建筑庞大华美的身形。

近了,宫殿轮廓愈发分明,以白银描边,在绿布上浅淡地勾画出来。

江潮遥遥一指,一个光点如独眼般形单影只地明亮着,是另一颗河珠。

突然,一阵如雷鸣般震耳欲聋的响动自地底发出,似有巨大的海怪从沉睡中苏醒,亟待填满它咕噜鸣叫的饥饿胃肠。

江潮神色凝重,拉着秦汀加快了前行的速度。

龙宫近了。但见朱门金钉,两扉紧闭,两侧各有一根白玉门柱高耸,柱身纹饰繁复绚烂,多见水波纹路,鳞爪贝螺。门柱顶端雕有盘踞巨龙,神情倨傲,栩栩如生,其中一条口中衔着一颗硕大的河珠,熠熠生辉,流光溢彩。还未来得及窥见宫殿全貌,又是一阵地动山摇的巨响。

巨大的门扉徐徐拉开一条缝。原本拥挤在门后的无数条鱼,此刻循着缝隙,如一道缤纷的洪流注入江底。它们鱼贯而出,身姿轻盈曼妙,目标明确,直奔水面。秦汀从未见过数量如此庞大的鱼群,放眼望去已不见尾鳍,只见斑斓的鳞皮与渐变为白的肚腹,黑红蓝绿黄,颜色绚烂鲜艳如堆积如山的花冢。

江潮试图穿过鱼群,游到门柱上去。一路免不了与疾速穿行的鱼儿碰撞相触,秦汀眼见她偏离路线,缩起身躯,咕噜咕噜吐出一串晶莹气泡,身上多了几道鱼鳍划伤的猩红伤口。

秦汀拿过江潮手中的河珠,一头扎进鱼群。

在五彩的漩涡中艰难前行,鱼群如雨点般的拳头,从四面八方袭来,砸得秦汀晕头转向。

门柱近在咫尺,河珠却脱手而出。不知道从哪冒出来一条黑白杂色的鲤鱼,张大鱼嘴,将河珠衔在了口中。

秦汀急忙伸手去抓鱼,却被鲤鱼轻易躲开。

鱼群将要散尽,大门敞开的缝隙开始缩小。江潮绕到鲤鱼身后一个猛扑,狼狈地跌进沙地里,鲤鱼却借泥沙遁形,趁机向水面冲去。

水面上光影摇曳,水波潋滟,一朵朵莲花形状的河灯被推入江流。

鱼儿在近岸的灯海间巡游,隔着葳蕤纸花,试图辨明水域之上一张张记忆中的面孔。

"姆妈,那条鱼跟爹爹一样长了长胡子!"

"说不定就是爹爹回来看你啦。"

长胡子的江鲇守在一朵手艺粗稚的粉色花灯旁,痴痴呆望。

岸上小小的、梳羊角辫的剪影冲它浅浅作了个揖。

水下，杂色鲤鱼口衔宝珠，逡巡漫游。它似乎有意戏耍二人——当秦汀落后，它便放慢速度，甚至绕行到秦汀身侧；等到江潮靠近，它才不紧不慢地摆头振尾，拉开距离。

秦汀猜不透鱼的心思，只觉得四肢沉重，气力耗尽，氧气也快要告急。

出水那一刻，他恍然觉得自己置身梦境。梦中鲜花繁盛，火光荧荧，金鳞翻涌，一派朦胧绚丽的奇景。

什么东西砸到了他的头顶。他费力地摘下了潜水头盔。

秦汀转过头去，看见那只杂色鲤鱼在水面上一闪而过，再出现时，头上顶着一颗圆圆的河珠。

它游戏似的将河珠抛起，河珠打在秦汀肩头，滚进水里。

鲤鱼——虎鲸配色的鲤鱼，纵身扎进水中，再出现时，仍旧头顶河珠。

秦汀冲它摊开手掌，它小心翼翼地将宝珠顶到秦汀手心里，鱼嘴无声翕张。

少年无法遏制地淌下热泪。他将毛脑袋贴近水面，和鱼脑袋轻轻碰了碰。

江潮一言不发地接过河珠，消失在水面之下。

江面灯火渐残。

花灯只剩零星几盏，江岸上的人群也已散去。

"可能妈妈来过，我们没看见，她就走了。"

"可能妈妈今天工作太忙，下班晚了。"

267

鱼没有表情,秦汀却分明感受到它的落寞。

"你得赶在河灯燃尽之前回去。"

鲤鱼靠在他臂弯里,尾巴响亮地拍打他的小臂,似乎在说:多点耐心。

一人一鱼倚在浅滩边,眼见着灯火一盏一盏熄灭了,水下的鱼群也恋恋不舍地逐次返航。

"该走了。"秦汀说。

鲤鱼面朝江岸,不为所动。

只剩最后一盏花灯,孤零零地发出微弱的光亮。

岸上人是谭爹爹,身边跟着于儿和矮脚狗群。他坐在板车上一动不动,叫夜色浇铸成一座漆黑的雕塑,最后一盏花灯在他凝固的注视中,渐流渐远。

"走吧。"秦汀说。

岸边,一星光点颤颤巍巍地亮起来。起初亮得不稳固,像雏鸟扑扇嫩黄的翅。而后丰茂了,茁壮了,把黑夜烫出一个明黄的洞。

橘色的光芒中,闪动着母亲的泪眼。

重云消散,满月出露。皎白清辉下,江潮如鱼般伴随河灯漂流,双手前举,合作苞状护住烛火,竭力不让它熄灭。

秦汀知道,是时候道别了。

闹钟响起。秦汀迷迷糊糊睁开眼,只见一个硕大的白色圆珠端端正正地躺在枕边。

他瞬间惊醒。

"张叔叔说海洋展的珍珠找到了,"母亲探头进屋,对秦汀说,"昨晚展览结束,收拾东西的时候在仓库里找到的。他说送你了。"

舅舅坐在朝江的窗边,似乎闷闷不乐——他的胡子又长了出来。临出门时,他叫住秦汀,别扭地说:"小朋友的狗伤得重吗?不重?不重就好……替我带句对不起。"

岸边坐着谭爹爹和江潮,还有于儿和矮脚狗们。江潮摸着于儿的白肚皮,对秦汀说:"于儿要生小狗了。""于儿是母的?"秦汀很吃惊。原来,于儿在宠物医院遇到了它的心上狗,是一条性情温和的蓝土松。"你猜于儿生的小狗会是什么颜色?""白色,跟于儿一个色儿。""我猜是黑色,炭一样的黑色。"江潮笃定地说。

"我也算抱上外孙啦。"谭爹爹的老眼挤出几滴混浊的泪,喃喃道,"我的好于儿,你多保佑它。"

"你昨天见到你姆妈了吗,江潮?"

"没见到,"她说,"她还不知道我给自己起了新名字。"

"真对不起……"

"没有关系。"拥有新名字的江女伢脚步轻快,头也不回地向江边走去。她挥舞手臂,大声说,"没关系!"

"江女伢,你就走么?"谭爹爹大声问。

"就走了。"

说完,她纵身入水,宛如一滴眼泪坠进江面。

后　记

　　二〇一八年冬，大概是春节前某个失眠夜，我萌生出写点什么的想法——那时我已连续半年做相同的梦。梦里赤足，自岸边一步步走向未知水域，过石滩，脚下痛感密集细碎。水没脚踝，有点凉。仍走，慢慢不觉冷，水没过膝、腰、胸口、头面……没顶那一瞬竟莫名心安，好比我天生从水里来，此刻不过返乡省亲。

　　这是怪事。我不会游泳，最强不过在泳池挺尸，那还是中学时的事。二〇一八年我刚读大学，满脑子浆糊，那晚"江女"二字不期而至，似退潮后遗留沙面的水纹显迹。像所有陷于蒙昧的未开化之人，我如获至宝般记下这寥寥暗语，并以此作为想象锚点，展开延伸。二〇一九年初夏，我开始动笔，草草写下初中生邹易的故事。我同邹易相处时间最长，感情也最深。她同我过去一样，头发剃得极短，因父母要她一心向学，于是像园丁修剪树一样修剪她外在、她性格。

　　我不是高明的写作者。故事在创作初期行文一派混沌，我自知短浅，竟还好意思献宝一样捧给室友李婧看。她一向好脾气，耐着性子读完，提了不少中肯意见，哄我继续写。于是断断续续再写，再改，期间曾因课程考学等事宜耽搁，直到二〇二二年年初，楚洲镇的故事才逐渐完整。

在这民风彪悍的江边渔镇，耗费上亿年时间从鱼类进化而来，成功上岸的人们，乘水利交通，农业灌溉之便，傍水而居，构筑社会，创造文明。他们中有一个女孩，决定回到水里去。

刚开始写作时，我不确定那个女孩是不是自己。在楚洲镇，人与水的共生关系仍旧根深蒂固，初中生邹易作为一个游离在社会人际关系边缘的人物，转而将情感需求诉诸自然，去亲近另一个在自然中长大的个体——少女江潮，这实际是一种"退化"。正如梦中，我背对人类赖以生存的陆地，向水里走去。

我断断续续写，在闲逛和大睡的间隙搭建词与句的废墟。我不是用功刻苦的学生。起初写这故事只为将那梦中感受留在现实，好在失意时有处藏身。二〇一九年冬天认识了舒辉波老师，那时他在学校开设选修课程"影视创意写作"，课上放电影，讲导演生平，从不点名，期末只交一次作业，小说或影评之类。也就是这作业，舒老师说它是"文学的语言"，这评价骇了我一跳，竟也轻信——舒老师是专业作家，定不会看走眼，自此备受鼓舞，一改游戏心态，决心认真对待写作这回事儿。

完稿后，室友李婧仍是第一读者。她读后十分满意，再没有意见可提。又发给舒老师看，舒老师也很高兴，说，可以作为我的毕业作品——同年我大学毕业，感谢母校财大，赋予我这半吊子以文学创作的正当性。交稿前我每日看书写作，间或满校闲逛消食，度过了一段相当快乐的时光。

小说出版之路不算顺遂。二〇二三年，我无业，住父母家。头发长很长。某个夏夜凌晨从热汗淋漓的长梦中惊醒，拨开满面乱发，一时胸闷，似有巨石压迫。梦境焦枯，水域干涸，我深陷一条垂直通往地下，极为狭小黑暗的甬道。头朝下，手脚受制，双目充血，动弹不得。清醒了，手脚不听使唤，试着爬坐起来，喘不上气。慢慢忆起一则旧闻，事发地叫坚果油灰洞，美国犹他州的一个年轻的探险家卡死在洞中。山洞深处有一截路段叫作"产道"，道路极为狭窄，仅够一人勉强通过，尽头处才豁然开朗，空间开阔，爬过"产道"的过程犹如婴儿新生，该路线因此得名。在"产道"前的分岔路口，年轻的探险家做了错误选择，越往深处行进，通道越窄，越使他坚信——自己走在正确的路上。

我又是否走在正确的道路上？那充满象征意味的"产道"——在自以为正确的路上，你削尖脑袋往下钻，以为一路艰险不过是命运考验，道路尽头的空间足以让人自由施展，实际已卡死原地，无法回头。年轻的探险家脚朝上，头朝下，倒栽葱样卡在途中，救援队尝试用绳缆将人拉出，却差点折断他的膝关节。时间流逝，甬道重归死寂。出于安全考虑，坚果油灰洞不久后便被地方封禁，探险家永远留在了漆黑无光的"产道"深处，与蛇虫鼠蚁作伴。他终被自己热爱的东西杀死了。这不是我第一次对自己的选择产生动摇。人生是否是另一个坚果油灰洞？文学到底是无垠江海，抑或另一个错认的"产道"？

我枯坐到天亮，拷问自己是否有死于水的勇气。人世常言"上岸上岸"，考研升学是"上岸"，工作录用是"上岸"，结婚生子也是"上岸"，好似人需忍耐潮湿涉水一生，只为寻一方干燥净土。然而即便一时上岸，陆地也并不牢靠，脚下岛屿很快沉没，人们重新落入水中。潮意再次袭来，必须立马奔往下个立足之所。

书中，初中生邹易等待着一个遥遥无期的"长大"，长大了要去"江的那头"，然而真正从"江那头"回来的何莲山却放弃了她梦想中的生活，回到了镇上。在创造何莲山这个人物时，我并未想透自己到底要过什么样的生活。某种层面上，她代表一种可能性：拥有一份体面工作（教师），顺理成章同人恋爱，结婚生子，获得旁人眼中"正常"生活，即"上岸"的可能性。那是满足家庭和社会期许的女性的一生，却不是何莲山，或是她背后的作者意志，我，甘愿她过的生活。

大学毕业后我有过几段短暂的工作经历，旅拍、自媒体文案、广告文案，无一长久。我自知天性散漫，不服管教，是"一旦迫之，必发狂疾"，被领导评价"不适应社会"，我并不信他的，于是丢了工作。自以为时运不济，一度心灰意冷到要放弃。只是始终不甘心，有限的工作经验使我窥见女性真实的社会职场处境，动笔的欲望也就愈发迫切。书中，文学是邹何两人共同的寄托，她们合力写下"汪晴"的故事，一个反"才子佳人"的小说，既是为失声的汪晴写，也为自己而写。她们三人，自始至终讲的是同一个故事：女性的冒险故事。

是以女性为主体的创作,她们作为主角,踏上征程,历经冒险,从过去男性叙事的固有身份(圣母或荡妇,彰显男性雄风的受害者和背景板)中解脱,获得自我成长,成为拥有独立人格的人。

这是我写下的第一部长篇小说,是常见的,从泥臭潮腥、工业废水中出落,本该沦为盘中餐的一尾喜头鱼,是再普通不过的小镇女孩,是一场笔触粗糙的童年旧梦,是我亲手在伤疤上刺出的花。

曾有一本书给予我重要启发:美国恐怖大师斯蒂芬·金的小说《玫瑰疯狂者》。二〇二四年三月中旬,我在某书店意外发现此书再版,书名变更为《疯狂玫瑰》,心中感慨颇多。作为斯蒂芬·金上世纪的旧作,《玫》在国内的知名度远不及《闪灵》《肖申克的救赎》《绿里奇迹》等热门作品,能够再版,多半得益于近年女性意识的发展。

斯蒂芬·金一生中创造过无数外星异形,猛鬼恶灵的形象,然而书中踏上血腥追妻路的诺曼一角仍旧让人印象深刻。这个角色的恐怖之处便在其真实感——活脱脱从社会案件中走出的施暴者,以金钱地位、社会名誉蔽身的心理变态,满口厌女言论的孱虫懦夫。小说中的画中世界,公牛,雌狐的巢穴,更偏向一种寓言式的意象。阅读时如同陷入一场瑰丽而原始的噩梦,对梦中身后穷追不舍的猛兽,你已起了杀意。

《玫瑰疯狂者》在创作手法和立意上都为我提供了新思路。江女于我,或许正像画中的罗斯·麦德于罗斯,我们透过"她人"看见理想化的自己,通过抵达自我来尝试掌握生活的主导权。罗斯和诺曼二人决斗的最终舞台设置在画中幻境,一个肆意施放杀心的意识场所,在此,罗斯的以暴制暴指向一种心理层面的觉醒:她已做好凝视深渊,背负罪恶的觉悟。这便是她夺回人生主导权的第一步。

这觉悟指向现实的欢愉与痛苦,指向竞争,意味着参与体力与智力的较量,抛弃倚仗和依附他人的幻想,走出伊甸。我们走向"退化",走向远古的畋猎场,走向未经社会驯化的原本的自我。也正因女性们痛她人之痛,苦她人之苦,才毅然选择了那条危机四伏,通往真实的道路。

她们终将抵达。她们将独立行走于世。

文学于我,同样代表另一种可能,一种无限接近自由的可能。书写是对生活的反刍,对命运的消化,创作是蚕的吞吐,从粗糙日常中抽出凝练的命理之丝,我编织另一个故事。自辟天地,注入故土江流,洞开一个新世界。故事里充斥鱼精水怪、憧憧鬼影,涉世未深的女孩深感彼此命运的紧密连结,她们往水中走去,投身命运洪流,相伴泅渡生命之河。

在此,尤为感谢长江文艺出版社任诗盈编辑为此书出版所做出的努力。其次,感谢此书第一读者李婧,见证小说和我本人的一路成长。最后,感谢我文学路上的引路人,舒辉波老师,本书也正由舒老师引荐才得以出版。从大二相识至今,老师从不曾损耗我的文学热情,甚至比我自己更坚信我能写出好作品。二〇二二年秋,我失业后返校,同舒老师聚餐时向他大倒苦水,却始终说不出那句——"我想放弃创作"的话。老师仍鼓励我多写,玩笑说即便不相信自己,也要信他看人的眼光。聚餐结束后,我独自走在母校校园里,趁着夜色,无来由地痛哭了一场。

二〇二一年五月底,初稿完成。
二〇二二年年初,定稿。

文后另附原发表于《长江丛刊》杂志的儿童文学短篇作品《江潮》,故事同样发生在楚洲,同样是少女江潮的故事,但更具童话色彩,以此作为文本补充,添入书中。